상처 없는 영혼

공 지 영
에 세 이

상처 없는 영혼

해냄

오! 성(城)이여, 오! 계절이여, 상처 없는 영혼이 어디 있으랴.

— 랭보

차례

1 _ 홍콩으로부터의 편지

2 _ 일본으로부터의 편지

3 _ 나를 꿈꾸게 하는 그날의 삽화

4 _ 내 마음속의 울타리

5 _ 소설을 쓰고 싶은 그대에게

1
—
홍콩으로부터의
편지

기다린다는 것

이곳에 온 지 이틀이 지났습니다.

언니의 집은 생각보다 아름다워서 부엌과 화장실을 제외한 모든 창으로 바다가 출렁이고 있습니다.

지금 해가 지는 시간, 뿌옇게 바다 안개가 오르고 멀리 구룡 반도에서는 벌써 하나, 둘 불이 켜지기 시작했습니다. 내릴 때부터 전혀 낯설지 않았던 도시, 홍콩. 억양이 고르지 못하고 약간 시끄러운 느낌마저 드는 광둥어를 자세히 듣지 않는다면 어디 마산이나 부산쯤에 그저 잠시 다니러 온 느낌입니다.

어제와 오늘. 향기가 진득진득한 열대 과일과 광둥요리를 배부르게 먹고 혼자서 거리를 쏘다녔습니다. 바다를 건너는 페리호를 타고 구룡 반도에 있는 리젠트 호텔에 가서 위스키 사워를 마셨지요.

예상과는 달리 밤이면 나는 잠 속으로 빠르게 미끄러져 들어갑니다. 하루하루를 보내기가 수월해지고 있습니다. 시간이 약이라던 어른들의 말씀은 얼마나 긴 시간 앞에서 숙연해진 후에야 할 수 있었던 말인지 이제 알 것만 같습니다.

나에게만, 이 세상에서 오직 나 하나에게만 내리쏟아지는 것 같던 고통은 시간이라는 톱니바퀴와 이국의 풍물 앞에서 조금씩 마모되어 가고 있습니다. 이제는 그것이 더 무디어질 때까지 기다리는 일만이 남아 있겠지요.

어제부터 비가 내리고 있습니다. 창밖에서 개구리가 울어대고 있군요. 처음에 나는 저것이 새소리인 줄만 알았습니다. 왜 나는 저것이 목이 쉰 새가 우는 소리라고 생각했을까요? 도회에서 나서 도회에서 자란 여자의 무지 탓일까요?

기다린다는 것에 대해 생각했습니다. 누군가를 기다리는 일이 아니라, 오로지 나 자신을 위해 기다려주는 일 말입니다. 염산처럼 쓴 고통들이 시간과 함께 익어 향기로운 술이 될 때까지 기다리는 일. 그러면 언젠가 그 술잔을 들어 이것은 나의 고통이 익은 술이라고 웃으며 이야기할 수 있을지도 모르겠지요. 그리고 과거의 그 고통의 아릿한 달콤함에 취할 수도 있겠지요.

그러나 이 며칠, 고통은 때로 치통처럼 나를 덮칩니다. 그 고통 속에 나를 팽개치지 말자고 몇 번이나 다짐하다가 말았습니다. 고통이 나를 덮친다면 그대로 두는 것도 괜찮은 일이 아닐까 하고 말입니다. 거부하지 말고, 마치 헝클어진 서랍을 정리하듯이 하나씩, 가지런히 고통에게 제자리를 찾아주는 일도 나쁘지 않을 거라고. 구원은 어쩌면 거기서부터 조금씩 시작되는 거라고 말입니다. 고통은 나를 덮치지만 구원은 그렇게 하나씩 하나씩 오는 것은 아닐까요?

돌아오는 길에는 젤리 가게에 들어가 색색가지 젤리를 샀습니다. 비안개 덮인 거리. 누군가 나를 보았다면 아마도 여행객 특유의 불안하고 두리번거리는 자세를 취하고 있었다고 전하겠지요. 하지만 신호등 앞에 서 있던 내 앞으로 전차가 지나가고, 거기서 땡그렁, 맑은 종소리가 울렸습니다.

그제야 나는 눈을 들어 앞을 바라볼 수 있었습니다. 내 손에는 조카를 위해 산 12달러어치의 젤리가 들려 있더군요. 젤리가 나를 위안해주었습니다.

이제 저 뿌연 안개 속으로 어둠이 내립니다.

보석 상자 속 검은 벨벳 천 위에 놓인 반짝이는 보석처럼 하나둘 불들이 밝혀집니다. 다시 개구리들이 울어대고 있습니다. 안개는 다시 모든 불빛들을 감추며 바다를 덮고 있습니다.

이 이국의 땅. 저 안개에 가려진 불빛들을 밝혀놓고, 이 밤 저 불빛들 속에서 얼마나 많은 사람들이 사랑하고 버림받고 확신하고 혼돈스러워하고 있을까요.

나는 잠깐, 서울을 생각하고 말았습니다.

사랑은 생채기를 통해
오는 것인가요

이모 같은 소설가가 되고 싶다는 조카의 침대에 누워 있습니다. 아이의 방에는 글짓기 대회 상장, 침대 옆의 창턱엔 손때 묻은 인형들이 얌전히 앉아 있고 그 뒤로 바다가 보입니다.

밤바다……. 낮 동안 감추어두었던 일렁임들을 바다는 이제야 저 혼자 앓고 있습니다. 밤배들도 모두 항구로 떠나고 바다는 이제 저 혼자입니다. 그래서 물결은 그리운 불빛을 찾아 이쪽 나트륨등 가로 찾아와 흔들리고 있습니다.

홍콩에서 맞는 일주일째 밤입니다.

방금 창 옆에 달린 에어컨의 소리가 멎었습니다. 그러자 해안 도로를 질주하는 홍콩의 빨간 택시들 소리가 낮은 저음으로 깔립니다. 그리고 고요.

이 고요함. 이 낯선 도시의 고요한 밤 속에 혼자 있다는 사실조차 내게는 위안이 됩니다.

나는 왜 이곳까지 와야 했습니까? 눈 내리고 바람 불던 서울, 인수봉이 바라보이던 수유리 내 사무실 창가에 의자를 당겨놓고 앉아 있던 그날들. 흰 눈을 머리에 얹고 내게 오셨던 그대는 지금 어디에 계십니까? 그 가슴 아픈 사연에조차 아무 의미가 없다고 생각한다면 우리 생의 자국들은 대체 다 어디로 사라져버린 것일까요?

그저 시간이 흐르고 우리들이 서로 얼굴을 보지 못한다면 그 모든 날들은 먼지처럼 흩어져버리는 것일까요?

나는 생각했습니다. 서울의 그 차갑던, 먼지 이는 거리에서 이곳으로 떠나온 것은 돌아가기 위해서입니다. 다시 돌아가기 위해서. 왜냐하면 그곳은 내 탯줄을 묻은 곳이고, 그곳은 어린 시절부터의 내 생채기가 묻힌 곳이고 사랑은 그 생채기를 통해서 오는 것이니까요.

하지만 나는 도망치고 있는 것입니까, 아니면 도전하고 있는 것입니까? 지금 내 마음을 가득 채우고 넘쳐 목줄기로 꾸역거리며 올라오고 있는 이것은 고통일까요.

언제나 삶의 가장 아프고 치명적인 중심을 비껴 서성이던 우리들의 이야기들은 그저 포석이었을까요.

모든 소리들이 잦아들고 그 자리에 시계 소리가 들어섭니다.

내가 아무리 몸부림친다 한들, 시계는 언제나 한 번에 한 걸음밖에는 움직이지 않습니다. 그렇습니다. 시간이 남겠지요. 그러니 어쩌면 저 시계의 한 걸음이 영원을 향해 떠나는 첫걸음일지도 모릅니다.

나는 이제 기도하는 법을 잊었습니다.

그저 낮이 가고 밤이 올 뿐입니다.

모든 상처에는 붉고 딱딱한 상처가 앉아 있습니다. 나는 치유될 수 있을지도 모릅니다. 다시금 사랑하고 다시금 살아가게 될지도 모릅니다. 그러나 체념하고 싶지는 않습니다. 포기하지는 않을 것입니다. 내게 주어진 단 한 번뿐인 나의 생을 결코 서성거리면서 배회하도록 내버려두고 싶지는 않습니다. 그것만이 지쳐가고 있는 내 영혼에게 내가 줄 수 있는 유일한 선물입니다.

그대여. 나는 어쩌면 그대에게 이별을 고해야 할지도 모릅니다. 태연하게 웃으며 손을 흔들지도 모릅니다. 그리고 어쩌면 헤아릴 수조차 없는 수많은 시간들을 그리워하면서……

무심한 마음

    지금 식구들은 잠들고 나는 혼자 바다가 바라보이는 내 방의 탁자 앞에 앉아 있습니다.

    그렇습니다. 서울을 떠나오기 전부터 나는 그 질문을 회피할 수는 없었습니다. 그대는 나에게 무엇이며 나는 그대에게 무엇이었을까요.

    세상에 나 있는 거미줄처럼 질기고 연약한 인연의 한 끝자락을 따라 오르다가 우리는 만났습니다. 내게는 이미 인연보다 더 질긴 동아줄이 친친 감겨 있었습니다. 그대는 내게서 그 동아줄을 풀어주마고 말씀하셨지요.

    나는 도망치고 싶었습니다. 더 이상의 아무 인연도 만들고 싶지 않았던 까닭입니다. 헤어짐은 피할 수 없는 일이라 해도 만남은 피할 수 있을 거라 믿었던 까닭입니다. 하지만 그런 생각을 하고 있었던 것은 바로 우리가 이미 만났기 때문이라는 것을 어리석은 나는 깨닫지 못했습니다.

온통 회색으로 변해가는 저 잔잔하고 깊은 바다를 바라보며 나는 남아 있는 나의 생과 사랑을, 혹은 행, 복, 같은, 모든 사람들의 입가에서 늘 쓸쓸하게 사라지곤 하던 그 낱말들을 생각합니다.

그대의 그 쓸쓸하고 견고하던 고독 앞에서 나는 무엇이었던가요? 흘러가버리는 시간 앞에서 아무 갈피도 잡지 못하고 나는 그저 이렇게 서 있습니다. 지금 내게 필요한 것은 사랑도 아니고 그리움도 아니고 그저 낡은 책갈피에 끼어 있던 빛바랜 꽃잎이 팔랑팔랑 떨어져 내리듯 무심한 마음입니다.

바다 위에서 배가 한 척 떠나갑니다. 이리로 가면 중국이라고 언니가 말해주었습니다. 하지만 나는, 무엇에든 의미를 붙이기 좋아하는 나는 문득 그 배를 이끄는 것은 목적지가 아니라 희망이라는 생각을 해봅니다. 그리운 뭍과 물결에 묻어버린 지난날들.

이제 세상이 점점 어두워져 갑니다. 언제나 내 마음속에서 한 점 불빛으로 반짝이는 그대여. 그러면 안녕히.

찬 바닷물에 시달리고 녹슬어버린 저 거대한 철갑선. 그 밑바닥을 지탱해주는 무딘 쇠처럼 내 마음이 굳어질 때까지 어쩌면 나는 다시는 그대를 보지 못할지도 모릅니다. 이 유예의 시간들 속에서 홀로 야위어갈지도.

나의 헛된 갈망들

이 밤에도 비행기는 날아오릅니다. 저 캄캄한 하늘. 비행기 꽁지에 붙은 작고 빨간 불빛이 멀어져갑니다.

담배를 한 대 피워 물고 나자 나의 피가 빠르게 움직이기 시작했습니다. 벌써 이곳에 온 지 2주일이 지나가고 있습니다. 가끔씩 나 자신이 어떻게 손쓸 수 없는 고통들이 나를 덮치고 그럴 때마다 나의 내장들이 출렁입니다.

언니는 예쁜 딸을 낳았습니다. 수녀복을 입은 간호사들과 의사들이 조용조용히 걸어 다니는 생 폴 병원. 나는 신생아실 유리벽으로 예쁜 조카의 얼굴을 하염없이 바라보고 있었습니다.

열 달을 다 채우고 태어난 튼튼한 조카와는 달리 인큐베이터

속에 든 작은 아이가 보였습니다. 이 무더운 날씨에도 아이는 빨간 털모자를 쓰고 있더군요. 올의 생김새를 보아 누군가가 손으로 뜬 것이 분명했습니다. 저것은 누구의 솜씨일까요?

글쎄요. 어미가 된 이후부터 나는 아이들을 그냥 지나치지 못하고 있습니다. 그 작은 아이. 우리 조카처럼 볼이 발그스름하고 통통하지도 못한 그 작은 아이가 자꾸 눈에 밟혔습니다. 인형보다도 작은, 젓가락 같은 팔다리를 뻗은 채 머리통만 유난히 커다란 저 아이에게도 나의 사랑을 전하고 싶었습니다. 그 어미 된 사람에게도 위로를 전하고 싶었습니다. 우리 모두 저렇게 작은 사람이 아니었냐고 말이지요. 누구나 저렇게 작았다가 크는 게 아니냐구요. 누구에게나 저렇게 삶이 버거운 시간은 있게 마련이 아니겠느냐고 말이지요.

다른 이야기이지만 작년인가 제 이종사촌이 발육이 정체된 아이를 낳았습니다. 어른들은 조심스레 말씀하시곤 했지요. 어른들 고생을 줄이기 위해서라도 고만…… . 물론 그 말을 차마 뱉을 수는 없었지만 나도 마음속으로 동의했더랬습니다. 이종사촌의 고생이 너무 힘들어 보인 까닭입니다. 하지만 제 이종사촌인 그 어미는 그런 말은 아랑곳없이 그 아이를 씩씩하게 키우고 있었습니다. 돌이 다 되도록 고개를 가누지도 눈을 맞추지도 못하는 그 아이에게 말도 시키고 웃지도 못하는 그 아이를 끊임없이 어르고 달래며…… . 어린 시절 나와 쌍둥이처럼 붙어 다녔던 그녀가 나는 안타까웠지요.

그러던 어느 날 친척들과 모이는 자리에서 나는 실제로 그 아이를 보게 되었습니다. 아이는 전해 들은 바대로 고개를 가누지도, 눈을 맞추지도, 심지어 웃지도 못했습니다. 어쩌면 예의였을까요. 나는 그 아이를 안아보겠다고 말했습니다. 나의 이종사촌으로부터 그 아이를 받아 안는 순간, 나는 누구에겐가 용서를 빌고 싶었습니다. 아이는 새근거리며 자고 있었습니다. 흰 이마에 옅은 진땀이 밴 아이를 내 품 안에 안고 있노라니 갑자기 눈물이 쏟아졌습니다. 연민도 아니었고 슬픔도 아니었습니다. 뭐랄까요, 이렇게 예쁜 아이를, 하는 생각, 아마도 존재가 사무쳤다는 그런 느낌.

우는 나를 바라보며 아이를 건네준 나의 이종사촌도 울고 있었습니다. 우리들은 쌍둥이처럼 붙어 다녔으니까, 중학교에 가고 고등학교에 가고, 그리고 대학과 직장엘 다니면서 멀어졌지만 우리는 서로 알고 있었습니다. 내가 왜 우는지, 그리고 우는 나를 보면서 그 애가 왜 우는지. 그때 나는 맹세했습니다. 차라리 죽는다……라는 말 따위가 얼마나 죄악일 수 있는지요.

그러고 나서 병원 뜰을 산책했습니다. 성당이 있더군요. 오래된 기억들이 살아났습니다. 중등부, 고등부 시절들의 나. 신부님이 내게 수녀가 되라고 하셨을 때 심각하게 고민하던 생각이 납니다. 우스운 이야기지만 신부님께 저는 말씀드렸댔습니다. 오래 생각해보았지만 수녀가 될 수는 없을 거라고. 왜냐하면, 왜냐하면 저는 제복이 싫거든요, 라고 말하던 열일곱 살의 나. 새벽 미사를 가던 여의도 아파트 사이의 벽돌 길. 그때만 해도 여의도는 지금처럼 그렇게 괴물스런 빌딩들이 많이 없을 때였습니다. 지금에 비하면 차라리 단출한 주택단지라고나 할까요? 줄장미들이 피어 있던 사이로 피어오르던 한강의 엷은 안개. 그리고 교리 경시대회, 춘천 성심여대에서 열렸던 마리아 폴리에 참석하러 경춘선을 타고 가던 일, 영세와 견진을 받던 날의 그 떨림까지 되살아났습니다.

하지만 오후가 되자 마음이 좀 가라앉았습니다. 언제나 이런 식입니다. 그러면 병원 옆에 있는 여학교의 벽돌 교사, 그 곁에 선 커다란 나무들이 뿜어내는 이국의 향기를 나는 맡을 수 있습니다. 그러나 그러한 것들조차 나는 내 것으로 할 수 없습니다. 그것은 아무리 들어도 싫고 낯설고 거친 광둥어를 쓰는 이곳 사람들의 것이니까요. 중국 여인들의 귀에서 짤랑거리는 작은 은 귀고리처럼 그것은 내 것이 아닙니다.

이제 조금씩 정리가 되어갑니다. 나의 헛된 갈망들. 그러나 갈망이 헛된 것은 결코 나의 탓이 아닙니다.

당신은 내게 언어를 줄이라고 하셨지요. 그래요, 언어를 줄이렵니다.

용기와 신념을 가지고 담담히 살아가라고 하셨지요. 그래요, 그렇게 하겠습니다.

그러므로 나는 이제 글을 다시 시작할 수 있을 것만 같습니다. 내가 어디에 서든, 설사 다시금 흔들리게 될지라도 나는 같은 자리에서 아마도 다른 자세로 앉아 있게 될 것입니다.

　그대여, 고통과 격정에 싸여 비통해하기에는 우리의 생이 너무 짧은 것은 아닐까요. 이 세상은 아주 넓은데.

잘못이 없는 바다

언니가 아이를 낳은 후 엄마와 형부가 교대로 언니의 침상을 지키고 있는 동안 나는 집에 앉아 있습니다. 형부가 출근하고 조카가 한국인 학교로 갔습니다. 오전 10시, 커피를 끓여서 큼직한 머그잔에 따라놓고, 담배와 라이터를 가져다 놓으면 그때가 바로 내가 홀로 바다와 마주하는 시간입니다.

텅 빈 집……에서 바라보는 바다. 햇살이 온통 바다로 쏟아져 내리고 있습니다. 어제의 안개는 걷혀버렸군요. 바다는 평화로워 보입니다. 그 위를 지나가는 저 육중한 배들도 느긋해 보입니다. 하지만 지금의 저는 그리 평화롭지도 느긋하지도 못합니다.

처음 이 집에 이사 와서는 이 창가에 앉아서 바다만 바라보았는데 지금은 집안일 하다가 바다를 보면 아, 거기 바다가 있구나, 한다는 언니의 말이 떠오릅니다.

예전의 나는 아마도 그렇게 생각했을 것입니다.

언니는 일상에 젖어 바다가 저기 있는 줄도 모르고 사는구나 하고 말이지요. 하지만 지금의 나는 그렇게 생각합니다. 언니는 이제야 저 바다를 언니의 것으로 가지게 되었구나 하고요.

글쎄요, 함께 있다는 것의 소중함은 문득문득 깨달아지는 것이 진짜가 아닐까 생각합니다. 늘 의식하고 늘 바라보고 늘 기다리는 그런 것들은 우리 인간의 능력으로는 너무나 피곤한 것들이라는 생각. 있는 듯 없는 듯, 그렇지만 어느 순간 바라보면 거기 그 자리에 서 있는 그 존재. 그래서 등이 따뜻해지는 그런 존재. 이 지구에서 우리를 살아 있게 하는 공기가 그렇고 사랑이 그렇고 행복이나 평화 같은 것들이 그렇겠지요.

하지만 나는 나 자신이 바다만 바라보다가 눈이 멀어버린 사람같이만 느껴집니다. 눈멀기 전에, 바다를 바라보는 것을 그만 그치고 나는 그저 여기서 나의 일상을 담담하게 이어나가야 하는 것은 아니었을까요? 그래도 바다는 늘 저기 있는데…… 하는 믿음이 제게는 없었던 것입니다. 모든 존재가 언제나 내 손가락 사이를 우수수 빠져나가버릴 것 같은 공포가 언제나 있었습니다. 돌이켜보면 마음이 아픈, 내게는 지옥만 같았던 시간들이었습니다. 하지만 그것은 바다의 잘못은 아닙니다.

그런데도 나는 아직 여기서 바다를 바라보고 있습니다. 저 잘

못 없는 바다는 투명한 햇살이 간질일 때마다 반짝반짝 웃어댑니다.

어제는 시내를 혼자 걸어 다녔습니다. 골동품 상회에도 가고 백화점도 기웃거리노라니까 그 눅눅한 습기 때문에 티셔츠가 다 젖어버렸더군요. 집에 돌아와 조카의 우유를 사러 나가는 길에 잠깐, 언니의 아파트 앞 화단에 핀 봉선화를 보았습니다. 글쎄요, 그것은 봉선화였을까요? 거의 저만큼 키가 큰 봉선화, 봉선화라는 뉘앙스가 주는 애처로움은 찾아볼 수 없는 그 키가 크고 튼튼해 보이는 꽃. 만일 난파가 다시 살아 온대도 저 꽃을 보고 봉선화라는 애처로운 노래를 다시 지을 수는 없을 겁니다.

저는 조선이라는 말을 생각했습니다. 조선이라는 글씨가 붙은 배추, 무, 고추, 혹은 오이……. 그것들은 모두 공통점을 가지고 있지요. 작고 단단하고 맛있다는 것입니다.

그렇게 맛있는 것들만 생각하다가 나는 다시 서울을 생각했습니다. 수유리 내 사무실 창에서 바라보이던 인수봉과 백운봉, 비가 그친 날 오후 아카데미하우스 구름의 집에서 마시던 뜨거운 커피, 벗은 팔뚝에 좁쌀만 한 소름을 불러 세우던 그 쌀쌀한 바람들, 부드럽게 산을 휘감아 내려오던 흰 구름들. 비가 퍼부어대던 어느 밤중, 다섯 명의 우리 일행은 좁은 차 안에 탄 채로 동물원의 〈거리에서〉라는 노래를 고래고래 부르기도 했지요.

"그리운 그대 아름다운 모습으로 마치 아무 일도 없던 것처럼."

그래요. 가끔씩 모든 것들이 꿈만 같습니다. 깊은 밤 나를 자주 깨워내서, 혼자 방에 누워 있다는 사실을 일깨워주던 악몽들. 그때 바라보던 천장의 벽지. 그건 이사 올 때 지물포에 가서 오래오래 망설이며 내가 골랐던 벽지이지만 그 은회색의 벽지마저 문득 낯설어지고 나 혼자 사막에 누워 있는 것만 같았습니다. 울음이 터진 것은 언제나 꿈에서 깨어난 후였습니다. 가슴속으로 부풀어 올라 내 몸을 갈기갈기 찢어내는 것 같은 폭발력으로 터져 나오던 오열들. 그때 내가 베갯잇을 손가락으로 허망하게 부여잡으며 부르고 싶었던 이름이 있기나 했던가요?

나는 아직은 울지 않습니다. 그러니 나는 아직도 꿈에서 깨어나지 못한 것만 같습니다. 내 가슴으로 차오르는 공기들은 꾸역꾸역거리다가 마치 압력솥에서 나오는 증기처럼 가끔가끔 피식거립니다. 삶이 힘겹게 지나가는 소리가 내게는 들려옵니다. 그래요, 쉬지 않고 달려왔습니다. 어떤 쓸쓸한 유행가 가사처럼 등이 휠 것만 같던 삶의 무게가 내게만은 왜 그토록 생생했던지요. 지나친 엄살을 부리는 나를 용서해주시기 바랍니다.

그래요, 커피를 한 모금 마시고 담배에 불을 붙입니다. 이 작은 시간들. 라이터를 켜고 담배에 불을 붙이는 이 열중할 수 있는 시간들이 내게 위안이 됩니다.

바다는 저기 있군요. 잘못이 없는 바다. 그러나 바다는 내게 한 번도 손을 흔들어주지 않았습니다. 눈이 멀도록 앉아 있는 나를 한 번쯤은 아는 척해주어도 좋았을 텐데, 한 번쯤만 저렇게 반짝반짝 웃어주었어도 나는 눈멀지 않았을 텐데 하는 생각, 부질없는 생각들이 머리를 스칩니다. 그러니 사실은 바다의 잘못이었던가요.

저는 그만 변명하고 싶어지는 것입니다.

또 하나의 실패 속에서

바다의 안개가 걷히고 있습니다.

배들이 아까보다 조금 더 빠른 속도를 내기 시작했습니다. 부칠 수 없는 이 편지들이 내게 위안을 줍니다. 곧 이곳을 떠난다는 생각. 하지만 어떻게 해야 하는지 나는 아직도 갈팡질팡입니다. 오늘은 아침부터 가지고 온 가요 CD를 줄곧 들었습니다. 그 모국어의 모음과 자음 들이 내게 위안을 줍니다. 돌아갈 수 없다는 생각, 돌아가야 한다는 생각이 하루에도 몇 번씩 나를 이리저리로 쓰러뜨리고 있습니다.

그리운 사람이 없습니다. 모두가 흘러간 시간 속의 얼굴들. 소식이 궁금하고 무사하기를 빌지만, 이제 어떤 얼굴 하나만이 위안이 되지는 않습니다.

때로는 누구나 인생과 세상과 미래에 대해 실패할 수도 있다는 사실, 우리의 불행은 이 실패들 자체가 아니라 우리가 그것을 받아들이지 않는 데서 오는 것은 아닐까 하고 제가 떠나기 전, 혜화동 거리를 걸으며 한 선배는 제게 말했습니다. 오히려 그것을 솔직히 받아들이고 정면으로 바라보는 것이 새로운 출발을 위해 바람직한 것은 아닐까 하고.

하지만 나는 이제 나의 절망이 내 스스로에게서 시위를 비켜가고 있다는 것이 두렵습니다. 나는 자꾸만 타인에게서 그 절망을 발견해내고 있으니까요.

그럼에도 불구하고 이 고통을 아직까지 잘 참아내고 있는 것은 내 마음 깊은 곳에서 떨리는 그 마지막 현 때문입니다. 나의 외로움이 이 눅눅한 홍콩 거리의 습기 속으로 그냥 흩어지지만은 않을 거라는 생각, 내 외로움 속에 혼자 주저앉지는 말고 더 외로운 이들에게 내 마음의 현이 켜는 먼 선율이라도 함께 들려주어야 한다는 생각, 그런 생각을 하고 있으면 나는 결단할 수 있을 것만 같습니다. 어제 성당에 앉아 감실의 붉은 불빛을 보면서 그렇게 느꼈습니다.

스콧 펙 박사라는 분은 그렇게 말했지요.

거의 비중이 같은 어떤 갈등 속에서 올바른 선택이란 사실 존재하지 않는다. 다만 선택한 후의 감정의 조절이 있을 뿐이라고.

하지만 감정의 조절이라는 것을 도무지 잘할 줄 모르는 나는 감히 기도하고 마는 것입니다.

내 하나, 또 하나의 실패 속에서 싱싱하게 뛰노는 숭어 한 마리 건질 수는 없을까요, 하고.

2

|

일본으로부터의

편지

두고 온 얼굴

어제 처음으로 일본 본섬에 도착했습니다. 1994년 한 나흘쯤 홋카이도에 다녀온 것을 제외하면 첫 일본 착륙이었지요. 비행기가 천천히 내려앉기 시작했을 때 창틈으로 바라본 오사카 시의 첫인상은 마치 초등학교 사회 시간에 보았던 마을의 모형 같은 모습이었습니다. 그러니까 플라스틱으로 조그만 산도 만들고 집도 만들고 학교도 만들어져 있었던 그 모형. 어쩌면 그렇게 반듯반듯한 길과 집들, 심심하지 않게, 라고 나에게 설명이라도 하듯이 간간이 주택들에 섞여 나타나던 예쁜 모양의 공장들, 그리고 바다.

사촌언니의 집은 참 작았습니다. 일본에서의 유학 생활이라는 게 다 그렇다고 언니는 말하더군요. 변변치 않은 가구들 때문에 마치 어디 잠시 여행이라도 온 기분으로 사는 수밖에 없을 것 같았습니다. 더구나 무더운 홍콩에서 다시 봄의 일본으로 계절을 거슬러 날아왔으니까요. 북향으로 난 창 때문에 밖의 기온보다도 집은 추워서 오지도 않은 겨울이 두려워지는 기분이었습니다.

H언니와 통화를 하고 나서 한참을 멍하니 앉아 있었습니다. 서울에서 나를 배웅해주었던 유일한 사람. 공항에서의 일을 생각하면 지금도 눈물이 납니다. 창피한 줄도 모르고 H언니와 헤어질 때 눈물이 가득했으니, 면세 구역으로 들어가면서 주체할 수 없었던 눈물 때문에 창피했던 생각이 납니다. 농담으로 이게 정말 공항의 이별인가 봐 했지만, 나를 떠나보내면서 한 H언니의 충고가 얼마나 가슴을 파고들었으며 얼마나 나를 매 순간 잠재워주었는지 그녀는 아마 잘 모를 것입니다.

결국 애정이라는 것, 진실이라는 것은 전달된단다. 네가 어디에서 무엇을 하고 있든 사랑하는 사람들끼리는 서로 통하는 거야. 네가 편해야 네가 사랑하는 사람들도 편안하다. 기다려야 한다, 두려워하지 말고 너에게든 누구에게든 시간을 주어야 한다는 그 말.

처음으로 서울에 두고 온 얼굴들이 그리워졌습니다.

두려움에 떨던 나는 누구였을까요

　지금은 저녁입니다. 한잠 자고 났더니 비가 그쳐 있었습니다.
오늘 아침부터 비는 내리고, 시내에 나갔다가 혼자 전철역에서
내려 집으로 걸어오는데 벌써부터 홈식(homesick)에 걸린 듯한
기분이었습니다. 사촌언니가 답사를 떠나고 없는 집에 돌아와,
집에 있는 먹을 것이란 먹을 것은 다 찾아 먹고 그대로 잠이 들
었댔습니다. 돌아가는 날까지 견딜 수 있을까, 하는 불안이 저를
다시 엄습했습니다.

　하지만 자고 났더니 기분이 훨씬 좋아집니다. 아까 거리에서부
터 나를 짓누르던 한기도 많이 가신 듯합니다.

　일어나 앉아서 커피를 끓여 마시려니까 정말 혼자서 낯선 곳
으로 유학이라도 다니러 온 기분이 들었습니다.

사실 이런 기분을 나는 그토록 원하지 않았습니까. 혼자서 나 자신의 내면을 바라보자고, 고독을 두려워하지 말고 그 깊은 심연으로부터 건져 올려지는 그 무엇을 찾자고. 그렇지만 아까 전철역에서 내려 걸어오던 길에 두려움에 떨던 나는 그러면 또 누구였을까요.

저무는 하늘로 먹구름이 지나갑니다.

이곳은 다다미 방. 지도를 보니까 위도는 부산보다 조금 낮은 곳입니다. 그런데 집의 구조를 보면 추위에는 전혀 대비하지 않는 것 같습니다. 창은 뚫릴 수 있는 사방으로 모두 뚫려 있고. 도착한 나는 그저 춥기만 한데요. 하기는 이곳의 여름을 아직 겪지 않았으니 이들의 심정을 이해하지 못하는 것도 무리는 아닙니다만, 그들은 수만 년 동안 이곳의 기후를 겪은 후 아마도 추위보다는 더위가 훨씬 더 사람을 괴롭힌다고 생각했겠지요.

다다미를 깔아놓고 또 그 위에 벌레가 올라오지 않도록 비닐을 깔고 그 위에 다시 전기장판을 가는 것이 이들의 보통 생활이라고 합니다. 차라리 우리처럼 바닥에 난방을 하지 하는 생각이 들었습니다. 습기가 그토록 걱정이라면 말이지요. 온돌 난방을 하고 그 위에 다다미를 깔아도 될 텐데 하는 생각.

하기는 이곳에서 그릇을 씻어 엎어놓아 봤자 물기는 언제나 그대로 있습니다. 홍콩하고 또 다른 느낌입니다. 목욕탕에 한번 쓴 수건을 널어놓으면 언제나 그대로 젖은 채이지요. 홍콩에서 날아온 나는 의식하지 못하지만 습기가 굉장한 모양입니다. 하기는 그릇을 씻어 잠시 그대로 놓아두었더니 그릇 뒷면에 이상한 것이 끼여 있었습니다. 아마도 곰팡이 종류인가, 생각하는데 순간, 기습이라는 생각이 들었습니다.

만일 기후라는 것이 정말로 인간들의 정신을 바꾸어놓는다는 것을 인정한다면—나로 말하자면 정말 그렇게 생각하는 편입니다만—이것은 사람들을 얼마나 긴장시킬까 하는 생각이 들었습니다. 맑고 쨍한 햇빛이 내리쬐어서 모든 것이 그 햇빛에 자연히 마르곤 하는, 그저 모든 것을 자연에 맡기고 기다리기만 하면 되는 우리나라의 그 순수한 자연성—우리는 그저 기다리면 되는 것인데요. 그릇을 엎어놓고, 수건을 걸어놓고—과는 다르게 이들은 노력해야만 하고 끊임없이 뒤를 돌아보아야만 하는 모양입니다. 왜냐하면 그 그릇에서처럼 앞면과 뒷면은 다를 수밖에 없으니까요.

왜 이들이 그 윤이 나고 차진 아끼바리 쌀로 밥을 하고도 그 밥을 그대로 먹지 않는지 나는 사실 의아했습니다. 끊임없이 초를 치고 간장을 묻히고 색색가지 고물을 뿌려대는 이들. 이제 그것을 이해할 것만 같습니다. 이들에게 자연이란 위험을 초래할 뿐인 것이 아니었을까요. 쏟아져 내리는 폭우와 지진, 그리고 해일. 그러므로 자연이 위해를 가하기 전에 인공적으로 무엇인가를 해야만 했던 것은 아닐까요. 자연이 밥을 쉬어서 못 쓰게 만들어놓기 전에 초를 뿌려야만 살아남을 수 있었던 것은 아닐까요? 인공은 그러므로 이들에게는 미덕이 되는 것은 아닐까 생각합니다. 자연이 우리에게 미덕이 되듯이 말입니다.

이곳에 오기 전 아버지가 하신 말씀, 일본인들의 타테마에[建前]와 혼네[本音]를 구별해야 한다고 하셨던 그 말씀, 당사자 앞에서는 절대 거절의 말도 귀에 거슬리는 말도 하지 않는다는 이들. 그러나 그것이 본심이라고 생각해서는 절대 안 된다는 말씀. 그릇의 앞과 뒤. 이들의 특수한 역사도 있겠습니다마는, 혹시나 이런 자연이 주는 공포가 사람들에게 자연스럽게 배어버려서 그러는 것은 아닌지. 그릇 하나 가지고 내가 너무 진도를 많이 나갔습니까?

요즘 내가 생각하고 있는 것 중의 하나는 말이라는 것의 허망함입니다. 물론 나는 아직도 말이라는 것, 즉 어떻게 어떤 말을 골라 쓰느냐가 매우 귀중하다고 남들보다는 많이 생각하는 사람입니다. 그런데 일본에 도착하자마자 넘쳐나는 말들의 홍수.

이랏샤이마세, 아리가토 고자이마스, 도모…… . 첫날 빵을 사러 갔을 때 빵집 아주머니의 모습은 마치 그 사람만 계속해서 한 30분만 촬영했더라면 무슨 정신병자—인사를 못한 것이 한이 되는—처럼 보였을 것입니다. 앞의 사람이 누구고 무슨 빵을 얼마나 사든지 간에 똑같은 억양의 똑같은 동작. 무릎을 꿇고 서빙하는 호텔의 아가씨들. 거기에 무슨 고마움이 표현될 것이며 무슨 의미가 대체 존재하기나 하는지. 예를 들어 일본인들이 친절하다고 하는 신화는 깨어져야 한다는 생각이 얼핏 스쳤습니다. 가게 앞에 세워진 자동인형이 아무리 웃으며 인사를 한다고 해도 그것을 보고 친절하다고 말하지 않듯이 이들의 웃음과 친절 그리고 끊임없는 인사말은 그저 습관일 뿐인 것은 아닐까 하는 의심이 들었다는 것입니다.

만일 정신 치료를 해야 한다면 이 일본인들을 치료하기란 정말 힘들 거라는 생각을 했습니다. 내가 만났던 정신분석의나 혹은 내가 책으로 만나는 스콧 펙 박사나 기타 우수한 정신 치료자들은 우선 하기 싫은 말과 하기 싫은 행동, 이러이러해서 해야만 하는 행동을 모두 제거하라고 했습니다. 그들의 말을 들어야 한다면 일본이라는 사회는 혹시 무너져버리는 게 아닐까 하는 우스운 생각이 들었습니다. 그나마 우리 사회에서 하고 싶지 않은 행동을 하지 않고, 하고 싶지 않은 말을 줄이기가 나에게도 그토록 힘이 들었는데요.

나이가 든 걸까요, 내가 이제야 조금 강해진 걸까요? 모르겠습니다. 이전보다는 훨씬 담담해지는 나 자신을 느낍니다. 하지만 앞으로 내가 넘어야 할 산들을 넘으면서도 나는 내내 이렇게 담담하고 굳세게 내 전면을 똑바로 응시할 수 있을까요. 아마도……

불안을 견디는 첫발

　그래도 바라보아야 하는 거겠지요. 아까 내가 자전거를 타고 너무나 아름다운 복사꽃과 벚꽃이 흐드러지게 핀 봄 공기 속, 깨끗하게 정돈되어 신발을 벗고라도 걸어 다닐 수 있을 것 같은 골목길들을 뱅뱅 돌며 그 즐거움을 가슴속에 담으려고 애썼듯이 그렇게. 우연히 지나치던 어떤 골목길. 모던하게 지어진 어떤 건물 앞에 이르렀을 때, 김일성 수령님 감사합니다, 라고 쓰여 있던 글귀. 너무나 신기해서 그 주위를 뱅뱅 돌며 그것이 재일 조선인 초등학교라는 간판을 확인했듯이 그렇게……. 그 자전거 길, 자전거를 타는 사람들을 위해 섬세하게 배려해놓은 보도블록과 아름다운 길들. 내 자전거가 달려가는 앞길로 할랑거리며 떨어져 내리던 벚꽃 이파리를 내가 가슴속에 사진을 찍듯이 눈여겨

보았듯이 그렇게……. 가끔 나를 뒤흔들어놓는 슬픈 감정도 결국은 내 것이라는 사실을 나는 인정해야만 하는 거겠지요.

그래요. H언니가 충고한 대로 나는 무언가 불안정한 것을 결국은 견뎌내지 못했습니다. 확실하지 않은 것, 명확하지 않은 것을 견디지 못해서……. 그렇습니다. 이제야 보입니다. 나는 이 불안한 상태, 누구나 싫어하지만 그래도 별수 없이 견뎌나가는 이 불안을 결국 한시도 견디지 못해 이토록 일을 저지르고 지내온 것은 아닐까요. 불안은 내 평생 내내 죽음과 같은 고통이었습니다.

그러나 이를 악물고 생각했습니다. 나 자신을 다시는 예전처럼 미워하지는 않겠다고 말입니다. 평생을 불안하게 살면서 그래, 너는 한 번도 안심하지 못한 삶을 살아왔다. 이제 겨우 불안을 견디는 첫발을 내딛는 지금 네가 어떻게 잘해낼 수만 있겠니. 그 불안을 견디기가, 이제까지 견뎌내지 못한 불안들보다 더 불안한 상태라는 것을 인정하자.

그래, 운전을 처음 배울 때 온몸이 마비되는 듯이 고통이 따르고 이것이 내게는 도저히 맞지 않는 기계처럼 생각되었지만 그것이 주는 혜택을 위해서 너는 어깨가 빠지는 듯한 고통을 참고 견딘 사람이다. 이제 자동차의 핸들은 네게 더 이상 공포가 아니며, 핸들은 이제 네 몸처럼 자연스럽다. 며칠 전 20년 만에 자전거를 탔을 때에도 너는 넘어져 손가락을 다치지 않았니? 그것은 내게 너무 높은 안장이 달린 것만 같았지. 하지만 곧 익숙해졌다.

생각해보렴. 처음 네 삶을 바꾸기로 결심했을 무렵 혼자서 아무에게도 전화를 걸지 않고 단지 혼자 있기 위해 너는 얼마나 죽을힘을 다해야 했는지를. 하지만 지금은 괜찮지 않니, 혼자라는 사실을 오히려 안심하면서 말이야, 하고 말입니다.

　이제 두려워하지 않겠습니다. 상처 입는다는 생각조차 못하는 사람만이 상처 입지 않는다는 사실을 그토록 잘 알고 또 되뇌면서 한 걸음을 내딛기가 이렇게 힘이 드는 것은 무엇 때문일까요.
　사람을 한번 만날 때마다 불안했습니다. 결국 또다시 나만 상처 입지나 않을까 하는 불안이 혼자 있는 이 시간 다시 나를 엄습합니다. 새로 태어나기 위해 몸부림치고 있는 나 자신……. 어디에 갔을까요. 언젠가 서울 거리에서 운전을 하면서 처음으로 생각했습니다. 나는, 내가 참 좋다. 왜냐하면 변하려고 이토록 애쓰는 내가 이쁘기 때문에, 라고 생각한 나는 이 이국의 거리에서 실종되고 말았습니다. 겨우 얻은 그 애정. 나에 대해 생전 처음 뿌듯하던 그 감정이.

　나는 내 변화에 대해서 내가 얼마나 많은 것을, 아는 이 없는 일본의 이 적요 속에서도 얼마나 많은 것을 내 것으로 할 수 있는지 말하고 싶었지만 나는 그저 입을 다물고 있습니다. 변하려고 결심한 이후부터 사실은 더욱더 뒤죽박죽임을 고백합니다.
　나는 언제나 주눅 든 모습으로 그것이 새로운 나로 태어나려는 몸부림과 함께 뒤죽박죽인 채로……인 것입니다. 꾸미려고 하지는 않았지만 무엇이 정말 나인지. 때로는 말이라는 것이 정말로 아무 소용이 없는 것이라고 내 스스로 진실되게 느끼면서도 나는 흔들리고 있는 것입니다. 진정한 나는 대체 누구인지 두려운 것입니다. 어찌 되었든 잃어가고 있는 나 자신……, 그런 과거의 내가 설사 그 단점들 때문에 엉망진창의 삶을 살았다 하더라도 그래도 그건 난데 어찌할 수 없었던 나였는데, 하는 생각에 시달렸습니다.

그리하여 화창한 봄날, 창밖 거리에 벚꽃이 할랑할랑 지는 오늘 나는 또다시 내가 쓸모없는 존재인 것처럼 느껴지고, 나라는 존재가 이 낯선 일본 땅에서 도무지 누구에게 도움이 되고 있는 건지 불안에 떠는 것입니다.

떨고 있던 내게 H언니는 충고해주었지요. 넌 누구를 위해서 존재하는 게 아니다. 그냥 너 자신, 너의 존재 그것만으로 충분하단다. 쓸모 있는 존재가 되어라, 라는 말 따위는 지당도사들이 하는 말이란다. 너는 이미 너의 존재로 이 지구를 꽉 채우는 거야. 그러고 나야 진심으로 너는 다른 사람을 사랑할 수 있고 그게 바로 쓸모 있는 존재란다. 스스로 쓸모없다고 생각하는 네가 사랑을 한들 그게 무슨 소용이겠니. 제발 마음을 편안히 가지렴.

저는 그렇게 하려고 합니다. 하지만……. 그래요, 그렇게 하겠습니다.

당신은 아직 젊으며
    모든 것이 지금 시작되려 하고 있습니다

L선생님께.

라이너 마리아 릴케의 『젊은 시인에게 보내는 편지』를 읽고 있습니다. 떠나오기 전 서점에 들러서 아주 우연히 산 책인데 지금 제게는 한 구절 한 구절이 마치 『성서』처럼 귀중하게 느껴집니다.

결국 고뇌하는 모든 인간은, 그러니까 고뇌와의 싸움에서 승리했거나 적어도 진지한 모든 인간은 결국, 제가 가려고 하는 그 길, 그러니까 침묵과 고독의 사막을 지나 이르는 묵언과 진실과 스스로도 평화로운 그 길로 간다는 사실을 한 번 더 느끼면서 제가 가려고 하는 그 길에 안도해봅니다.

모두들 안녕하시지요.

이렇게 써놓고 안, 녕, 하다는 말을 혼자 중얼거려봅니다. 지난 늦

가을 수유리에서 저는 선생님과 처음 만났습니다. 그리고 겨울이 지나고 봄의 문턱에서 저는 그곳을 떠났습니다. 하지만 때로 우리는 5개월이 아니라 5년도 더 함께 지낸 것 같은 생각이 듭니다.

하기는 그건 좋은 생각이라고 느꼈습니다. 어느 정도 나이가 들면 사람들은 쉽게 친구가 되기도 합니다. 예전에는 5년이 걸려 알아야 할 것을 5개월 만에 알아보기도 하니까요. 사람은 함께한 시간의 길이가 아니라, 그들이 만나고 있을 때 각자가 살아온—진정으로 살아온—햇수가 덧붙여진 만큼 함께하는 거라는 걸 나이가 들면서 저는 깨닫게 되었습니다.

선생님은 늘 말씀하셨지요. 나이가 드니까 좋은 것도 참 많구나. 저는 그 말씀을 들으면서 나이가 들면 좋은 것이 많아지도록 살아야겠다고 생각했습니다. 사무실을 위층 아래층으로 쓰면서 우리가 나누어 먹던 샌드위치와 라면 혹은 삼겹살 구이가 생각납니다. 울고 있던 저를 안아주시던 선생님의 그 손길. 괜찮다, 다 괜찮아, 라고 말씀하시던 그 목소리. 때로는 나이도 잊고 열아홉 살배기들처럼 깔깔거리기도 했지요.

제가 떠난 후, 허전해하시는 선생님의 외로움을 생각합니다. 감히, 이렇게 말해도 된다면 저는 이해할 것만 같습니다. 언제나 보내는 사람이 더 힘든 법이니까요. 왜냐하면 떠나는 사람은 언제나 몸만 가져가고 떠난 사람의 자취는 보내는 사람의 주변에 고스란히 묻어 있는 법이니까요.

릴케의 책이 요즘의 저를 위안해줍니다.

"무엇보다도 당신은 아직 젊으며 모든 것이 지금 시작되려 하고 있습니다. 내가 부탁하고 싶은 것은, 제발 당신의 마음 밑바닥에 있는 미해결의 문제를 밀폐된 방이나 낯선 말로 쓰인 책처럼 인내심을 갖고 사랑하고 성급히 대답을 찾으려 하지 마십시오. 당신은 지금까지 그 대답을 갖고 살아보지 않았으므로 아무리 해도 그 해답이 주어지지는 않을 것입니다. 모든 것은 살면서 경험하는 것이 중요합니다.

지금은 그 문제 속에서 살아보십시오. 그러면 당신은 먼 장래의 어느 순간 그 대답 속에서 살게 될 것입니다. 그리고 행복하고 순수한 삶을 만들어나갈 가능성을 가지고 그곳으로 스스로를 이끌어가십시오. 무엇이든 신뢰하고 받아들이십시오. 그것은 당신의 의지나 당신의 내면의 어떤 필요로부터 나올 때만 스스로 참아낼 것이므로 결코 미워하지 마십시오. 진지한 것은 모두 어려우며 또 모든 것은 진지합니다."

그런데 선생님, 나는 왜 이 구절 중에서 마지막 구절, 그러니까 진지한 것은 모두 어려우며 또 모든 것은 진지합니다를 진지한 것은 모두 어려우며 어려운 것은 진지합니다로 바꾸어 읽었을까요.

릴케가 젊은 시인 카프스에게가 아니라 바로 저에게 말하고 있는 것만 같습니다.

"당신의 길에 놓인 병이라는 것은 생명체가 이질적인 것으로부터 해방되는 수단이라고 생각하십시오. 그리하여 생명체가 제대로 병이 나도록 해야 하며, 그 병이 곪아 밖으로 터져 나오도록 노력해야 합니다. 그것은 바로 생명체를 위한 하나의 발전이기 때문입니다. 친애하는 카프스 씨, 당신 내부에는 지금 많은 일이 벌어지고 있습니다. 당신은 병자처럼 참으시고 회복기에 있는 환자처럼 확신을 갖도록 하십시오. 그러나 어떤 병이든 간에 의사도 기다려야만 하는 많은 나날이 있습니다. 기다리는 일이야말로 의사로서 당신이 지금 무엇보다도 먼저 해야 할 일입니다."

라는 말을 가만히 위안으로 삼아보는 것입니다.

서울에도 꽃이 피었을까요?

이상한 일입니다. 고향을 생각하면 수유리가 떠오릅니다. 그곳은 제가 태어난 곳도 아니고 성인이 된 후 그저 한 5년을 산 곳인데 말이지요. 그곳에 선생님께서 계시기 때문일까요. 우리들이 나누었던 그 수많은 이야기들이, 그때 우리가 바라보던 도봉산의 노을자락이 제 가슴에 아직도 남아 있습니다.

선생님, 부디 안녕하시고 마음으로 가득 선생님을 안아드립니다.

사람과 사람이 만나서

다시 L선생님께.

생각해보니 서울을 떠난 지 이제 겨우 한 달째인데 한 몇 년이 지나가버린 기분입니다. 몇 번이나 편지 드리려고 생각했지만 핑계가 아니라 정말 몸이 제자리에 가만히 잡혀주질 않더군요.

사람과 사람이 만나 서로에게 익숙해진다는 일에 대해 생각하고 있습니다. 서로 지나간 삶을 이해하고 그것을 맞추어 이제 친구가 되려고 한다는 것은 참 힘든 일이라는 생각이 듭니다.

어려운 일이 있을 때마다 선생님이 제게 하셨던 말씀들을 생각했습니다. 그중에서도 특히 "진실은 흐른다"라는 말씀—이렇게 써놓고 보니까 잘못하면 뭐, 삼류드라마 제목 같기도 합니다만—이 왜 그렇게 아프던지요. 왜냐하면 내가 좋은 쪽으로 진실하기가 참으로 힘이 들었기 때문입니다.

언제나 내 마음을 들여다보면서 가만히 있으려고 애썼습니다. 그러면 마치 자전거를 타고 길을 달리면서 작은 언덕길을 오르락내리락하는 느낌입니다. 내가 좀 성숙했다는 유일한 증거가 있다면 이제는 오르막의 힘든 길을 오르면서 아마도 내리막이 있을 거라는 생각을 한다는 겁니다. 이토록 사소한 깨달음을 얻기 위해 33년 동안 그토록 많은 대가를 지불했다는 것을 생각하면 멍해지지만요.

이곳은 제가 도착한 이래로 할머니들을 괴롭히는 것 같은 음산한 추위가 계속되더니 이제 며칠 동안 반짝 화창합니다. 자전거를 타고 동네를 돌면 정갈한 집들, 신발을 벗고 걸어 다녀도 괜찮을 것 같은 골목길들, 그리고 일본식 집 문 앞에 놓인 꽃나무 화분들…… 벚꽃 잎은 모두 지고 어제는 흰 배꽃과 진분홍 복사꽃이 피었습니다. 시내 쪽으로 나가지 않으면 저희 동네에는 3층 이상의 건물도 별로 없어서 고즈넉합니다. 이게 일본이구나 하는 생각이 들 정도로요.

글쎄, 아무리 찾아도 조관우의 〈메모리〉 CD가 없어서 하는 수 없이 요즘은 가방에서 뒹굴던 패티김의 노래를 듣고 있습니다. 가지고 온 클래식 CD는 아예 뚜껑도 안 열었습니다. 우리말이 그리워서인가, 하고 생각해봅니다. 그런데 노래를 듣다 보니 선생님 생각이 많이 났습니다. 왜냐구요? 글쎄요, 노래가 쓸쓸해서인가 봅니다.

사촌언니는 아주 바빠서 저와 거의 얼굴을 마주 볼 시간도 없습니다. 혼자 있고 싶어서 이렇게 떠나온 저는 하지만, 저녁이 되면 혼자 밥을 먹다 말고 문소리에 귀를 기울입니다.

저녁 먹고 좀 쉬고 나면 9시. 한두 평 될까 하는 방에서 큰 상을 펴놓고 사촌언니는 공부를 합니다. 저는 가난한 유학생의 말썽꾸러기 친동생처럼 쿠션에 기대 앉아 일본어를 공부합니다. 주로 제가 먼저 잠이 드는데 그러면 사촌언니는 큰 불을 끄고 스탠드만 켠 채로 늦게까지 리포트를 쓰지요. 불을 끄고 누워서 그 모습을 물끄러미 바라보고 있으면 이상한 생각이 듭니다. 우리는 가난한 자매 같고, 그러니 사는 게 이런 건가, 그런 생각이 들어요.

교통비 아끼느라고—서울에서 모범택시도 턱턱 타던 제가 시내까지 1천 엔 나오는 택시가 무서워서 안 타는 바람에—지하철로만 다니기 때문에 이 도시가 어떻게 생겼는지 아직도 모르고 있어요. 그 유명한 유적지들도 아직입니다. 하기는 그것이 제게는 하나도 중요하지 않지만요.

일본이라는 나라에 대해 신기해하고 있습니다. 선진국이라는 것의 의미가 과연 무엇인가 하는 것요. 대체 이 나라의 개인당 국민소득이 높다는 것이 무슨 의미인지요. 집도 모두 조그만 곳, 그렇다고 옷이 좋은 것도 아니고, 그렇다고 먹는 것을 풍족하게 먹는 것도 아니고……. 차라리 우리보다 국민소득이 낮은 상해 사람들의 삶이 더 풍요롭게 기억될 정도입니다. 최소한 그들은 먹는 거라도 푸지게 먹잖아요. 어떻게 반찬을 이렇게 조금만 줄 수 있는 건지, 이건 사람이 먹는 음식이 아니라 거의 새 모이 수준이잖아. 사촌언니와 외식을 하다가 저는 분개하기도 했습니다.

게다가 우리와는 전혀 다른 이네들의 습성들. 특히 성에 대한 여성들의 엄청난 개방성과 어떻게 보면 기가 막힌 무지성. 톱스타들도 잡지에서 헤어누드를 선보이는 것은 예사이고 5백 그램을 다이어트 하기 위해 처녀들이 줄줄이 팬티와 브래지어 차림으로 TV에 몰려나와 두 시간 동안 옷도 안 입고 사회 보는 여자만 옷을 입고 있어요. 뱃살을 꼬집어보게 하고 허벅지의 지방을 걱정합니다. 게다가 자신의 누드 사진을 잡지에 게재하고 연락을 부탁한다는 스물두엇의 처녀들이 줄줄인 판이니……. 그것도 모두 여자뿐입니다. 아직 남자의 그런 모습들은 단 한 번도 발견하지 못했습니다. 비교해보면서 당연히 우선은 우리 것이 좋아 보이는 일이 더 많지만 조금 더 지켜볼 예정입니다.

언니가 들어왔어요. 손에 초밥이 들려 있네요. 어쨌든 또 연락 드릴게요.

선생님, 그리고 드릴 말씀이 있는데, 선생님 쓸쓸해하시는 전화 받을 때마다 마음이 너무 안 좋아요. 그래서 생각했는데 문득, 선생님이 다른 후배 예뻐하시면 아마도 조금 서운하겠다 싶었지만 금방 생각을 바꾸었어요. 한 몇 달 동안 선생님이 마음 털어놓을 후배 하나 있었으면…… 하고……. 그렇게 생각하면서 그래, 이런 게 사랑이겠지 생각했어요.

맞죠?

전화드릴게요.

건강하시고 재미있으시고 가끔씩 진한 커피 마시는 시간만큼
만 쓸쓸하세요, 선생님.

저는 아직도 누군가의 이름을 부르고 있습니다

P선생님께.

소식 전하지 못했습니다. 안녕하신지요. 떠나올 때 전화로 잠깐 인사를 드리고 왔군요. 왜 자꾸 도망칠 생각만 하느냐고 물으시던 선생님의 말씀을 가끔 생각합니다. 그러나 도망치는 것은 아니라고 저는 몇 번이나 저 자신을 위로했습니다.

하지만 떠나와서 선생님의 말씀을 다시 생각합니다.

인연이라는 것을 무엇으로 설명해야 좋을지요. 모든 것에는 때가 있는 법이었다고 저 자신을 위로해보지만 그것은 그저 위로일 뿐이지요. 예, 그래요. 그저 저를 합리화시키기 위한 변명이라는 거 인정합니다.

벌써 일 년도 더 지난 어느 가을, 선배 언니의 권유로 선생님을 처음 뵈었지요. 그리고 두 번의 만남 이후 저는 선생님을 뵈러 가지 않았습니다. 도망이라는 말이 적합한 경우는 바로 그때를 두고 말하는 것이 옳을 듯합니다. 진실을 말하고자 하시던 선생님이 저는 두려웠던 겁니다. 아니, 그 진실이 무엇인지, 선생님과의 짧은 대화에서 벌써 알아내고 있던 저 자신으로부터 저는 도망치고 싶었습니다. 왜냐하면 진실 앞에 서면 거짓은 무너져 내리는 법이니까요. 제가 이제까지 쌓아온 모든 것이 거짓이라는 것을 인정해야 하다니요. 살아온 날들이 모두가 거짓이었다는 걸 인정하면 저는 어디에 서 있어야 하는지요. 그건 죽음보다 무서운 것이었습니다. 그토록 도움받기를 원했던 저였지만 말이지요.

어느 여름날이 생각납니다. 저는 종로 거리에 서 있었습니다. 백색의 햇살이 살풍경하게 아스팔트로 튀어 오르고 있었지요. 그 거리에 서서 문득 마음으로 울부짖었던 저 자신, 제발이지 도와주세요, 제발이지 거기 누구 있으면 제발 저를 좀 도와주세요, 하던 절규는 저 자신의 것임이 분명했는데 문학적으로 표현하자면 그토록 구원받기를 원했으면서, 그토록이나 진실이 무엇인지 알고 싶었으면서 그 진실과 마주 서려는 그 찰나 도망쳐버린 저 자신. 무엇으로 설명할 수가 있을까요. 아니, 제가 정말 진실을 모르고 있었던 것일까요. 진실을 몰랐다면 어떻게 제가 그토록 진실만 외면할 수가 있었을까요.

그리고 일 년 후 저는 선생님을 다시 찾아가고 있었습니다. 그때 제 삶을 생각합니다. 지쳐 있었습니다. 지쳐 있는 줄도 모를 만큼 저는 망가지고 훼손되어 있었습니다. 삶은 고통스러웠고 세상은 제게 그저 소용돌이였을 뿐, 시궁창을 기어가는 듯한 느낌뿐이었습니다. 누군가 저를 쓰레기 더미 속에 억지로 묻어놓고 쓰레기를 또 억지로 제게 먹이는 꿈을 꾸다가 소스라치게 놀라 깨어난 밤들. 모욕이라는 단어를 감히 생각하지도 못할 만큼, 저는 모욕의 덩어리였습니다. 그해 여름이 가고 가을이 와서 햇살은 청명했지만 그 청명한 햇살도 제게는 위안이 되지 못했으니까요.

맨 처음 발견한 것은 제 속에서 아직도 울고 있는 아기였습니다. 두 살배기의 나. 그것이 제 생의 첫 기억이었습니다. 한밤중에 일어나 소스라치게 놀란 채로 울고 있는 아기. 걷지도 못하고 말도 못하고 도무지 자신의 힘으로는 어쩔 수 없는 상황 속에서 악을 쓰며 울고 있는 그 아기. 먼저 그 아기의 눈물을 닦아주어야 한다고 선생님은 말씀하셨지요. 사랑으로 안아주고 토닥여주고, 그리고 안전한 곳으로 옮겨 뽀송뽀송한 이불을 덮어준 다음 다시 아기를 재워야 한다고. 결코 자신을 미워해서는 안 된다고. 처음으로 저는 선생님 앞에서 눈물을 터뜨리고 말았습니다. 네까짓 게 뭔데 내 고민을 알기나 알아, 하는 오만도 사라지더군요. 글쎄요. 그것은 오만이었을까요. 아마도 그것은 오만이라기보다 서글픔에 가까웠을 겁니다. 이제 이 세상의 누구도 믿지 않겠다던, 결코 내 힘으로는 가닿지 못할 소망 같은 것이라고나 할까요.

지나온 긴긴 밤들, 제 영혼은 뒤뜰의 달빛 그늘도 눈부셔했습니다. 그 그늘 속에서 오래 서성이며 잠 못 들 때마다 그 아기를 생각했습니다. 아기는 오랫동안 눈물을 그치지 않았습니다. 겁에 질린 눈동자로, 오래오래 울고 있더군요. 아기는 아마도 기가 막혔을까요. 자신의 의지와는 도무지 아무 상관도 없이 태어난 이 세상에서 맞닥뜨린 공포가 기가 막혔겠지요. 하지만 저도 집요했습니다. 아기를 달래주고 싶었습니다. 제 마음속에서 아직도 울고 있는 아기의 울음을 그치게 하려고 긴 밤을 아기를 달래며 깨어 있기도 했습니다. 왜냐하면 저는 변하고 싶었기 때문입니다

이제 아기는 제 마음속에 잠들어 있습니다. 걱정스러운 마음에 몇 번이나 들여다보았지만 거기서 그대로 잠들어 있더군요. 다만 울음 끝에 잠든 아기가 그렇듯, 잠결에 무심코 턱 끝에 남아 있는 울음을 부르르 떨어낼 때마다 제 마음도 흔들립니다. 이제 밤이 깊으면 아기의 떨림도 잦아지겠지요. 가끔 아기의 가슴에 손을 얹고 자장가를 불러주겠습니다. 그러면 저도 꿈 없는 잠을 잘 수 있을 것만 같습니다.

누군가 그런 말을 했습니다. 어떤 사람이 불행한 것은 바로 게으름 때문이라고요. 진실과 마주 서지 않으려는 회피, 정직하게 거울을 들여다보고 자신의 이마와 자신의 코와 자신의 입술을

정면으로 바라보려 하지 않는 게으름이 바로 더 큰 불행을 초래한다고 말입니다. 그랬습니다. 거울을 보면서 하루에 열두 번도 더 거울을 들여다보면서 저는 정작 저 자신을 바라보지 않았습니다. 그렇다면 그때 제가 본 것은 대체 누구였을까요.

어린 시절의 저를 생각합니다. 언제나 남의 집 앞을 서성이면서 저는 누군가의 이름을 부르고 있었습니다. 경희야 노올자, 강석아 노올자……. 친구들 집의 대문은 열려 있었지만 저는 감히 그 안으로 선뜻 들어가지 못했지요. 그 집들에서는 갈치를 굽는 냄새가 났습니다. 동태찌개나 된장찌개 냄새. 다섯 살 무렵의 저입니다. 저는 왜 거기서 누군가의 이름을 부르고 있었을까요. 왜 엄마와 아빠와, 그리고 오빠와 언니, 제가 좋아하는 강아지 메리까지 살고 있는 제 집에 가지 않고, 그 골목길에서 늦도록 친구들의 이름을 부르고 있었을까요.

그러니 대체 시간은 흘러가기나 한 것일까요. 시간은 흘러간 것이 아니라 그저 제 안에서 맴돌고 있었던 것은 아닐까요. 저는 아직도 누군가의 이름을 부르고 있습니다. 이 부름을, 이 기다림을 저는 멈출 수가 있을까요, 선생님. 창밖으로 신칸센이 지나갑니다. 빠르게 달리는 저 기차. 빠르게…… 그리고 급하게 달려갑니다. 저도 언제나 저렇게 달려갔더랬습니다. 대체 어디로 가는지 대체 어디로 가고 싶은 건지 알지도 못하면서 그 속도를 제 힘으로 멈추지도 못할 거면서.

흔들의자를 당겨놓고 창밖을 바라보니까 검은 유리창으로 제 모습이 보였습니다. 옹송그려진 어깨로 남은 제 모습. 언제나 제 마음이 가라앉으면 그때서야 이렇게 옹송거리던 제가 떠오릅니다. 오랜 자맥질 끝에 숨 막혀 하며 헉헉거리는 제 영혼. 덜컹이면서 저는 가고 있습니다.

노을이 지고 창밖이 어두워질 때까지 저는 그 자리에 그냥 앉아 있었습니다. 불도 켜지 않았습니다. 그러자 창밖의 네온사인이 보였습니다. 가라오케와 이자카야라고 부르는 선술집들과 스즈키 엔지니어링 혹은 마일드 세븐의 전광판들……. 그것은 익명의 세상이었습니다. 오랜 시간 동안 저는 저렇게 익명의 세상만을 보고 살아왔습니다. 저 자신은 거기 어디에도 없었지요. 이 이국, 히라가나로 쓰인 간판들 속에 제가 없는 것처럼…….

이제 검은 장막을 잠시 내려 창밖의 그 휘황한 불빛을 가리고 저 자신을 살펴보아야 할 때라고 선생님은 말씀하셨지요. 저 자신의 이마와 코, 그리고 눈과 입술, 웃을 때 드러나는 내 잇속은 어떤 빛인지. 저 자신의 얼굴을 똑똑히 바라보아야만 다른 사람들이 저를 바라보는 시선을 가늠할 수 있는 거라고, 진정한 관계 맺기는 바로 거기서 시작되며 바로 지금이 커튼을 내리고 저 자신을 바라보아야만 하는 바로 그 시간이라고.

신기하게도 헛된 바람들은 더 이상 일어나지 않았습니다. 이게 정말일까 하고 몇 번이나 제 마음속을 들여다보았더니 정말이었습니다. 신기하게도 저는 이 현실, 언제나 있어왔지만 다만 제가 외면했던 있는 그대로의 현실을 바라보는 것입니다. 몸에 났던 깊은 상처가 아물면 자꾸 그 상처를 만져보면서 정말 아프지 않네, 정말 이제는 아프지 않네, 신기해하는 아이처럼 저는 하루에도 몇 번씩 제 상처를 만져봅니다. 그렇습니다. 더 이상은 아프지 않습니다. 다만 흉터가 남아, 이곳이 예전에 너를 그토록 아프게 했던 바로 그곳이라고 말해주고 있습니다. 그러나 이곳에도 새살이 나겠지요. 아마도 그럴 거라고 믿어봅니다.

삶의 반은 시궁창을 기어 다니던 기억으로 이루어진다고 선생님은 말씀하셨지요. 저는 이제 그 시궁창을 기어 나오고 있는 것일까요.

한국에서 가져온 가야금 CD가 오디오 속에서 뚜르릉거립니다. 저는 책상에 앉아 선생님께 부치지 못할 편지를 쓰고 있습니다. 그래요, 언제나 밤새워 쓰던 그 편지를 부칠 수 없었습니다. 언제나 마음속, 가장 밑바닥에 아껴두었던 그 말을 끝내 말하지 못했지요. 이제는 그것이 어리석었다고 말할 수도 있을 것만 같습니다. 이 적요 속에서 저는 이제 편안해질 수도 있을 것만 같습니다. 이 말 없음. 책상에 단정히 앉은 저의 자세. 이것을 감히 행복이라고 부를 수 있다면 저는 혹시라도 다시 한 발을 디딜 수 있을지요.

그것이 어떤 이든, 한 인간의 마음속을 가만히 들여다보고 있으면 누구에게서든 아직도 숯불처럼 지글거리며 빨갛게 타오르는 상처들과 만날 수 있습니다.

상처도 힘이 된다……는 사실을 문득 깨달으며 저는 창밖을 바라봅니다. 어두운 창밖에 제 얼굴이 보이기 시작합니다.

내가 떠날 무렵

북쪽으로 난 베란다로 부드러운 바람이 살랑거립니다. 자전거를 타고 슈퍼마켓에 가던 길의 그 화사함. 내가 좋아하는 화창한 나날들이 이제 시작됩니다. 유난히 추위를 많이 타는 내게는 이제 겨우 봄이 오는 것만 같습니다. 세탁기가 도착해서 잔뜩 빨래를 해서 널었습니다. 빨래를 널고 베란다에 서 있는데 삶이 지나가고 있는 어떤 결을, 언뜻 본 느낌이 들었습니다. 하지만 고개를 들었을 때는 신칸센이 지나가고 있더군요.

이것을 비의라고 부를 수 있다면 나는 아마도 내 인생에서 아주 귀중한 시간들을 보내고 있는 것이 틀림없을 것입니다.

이상한 일입니다. 홍콩에 있을 때와는 달리 모국에 대한 갈증이 전혀 일어나지 않습니다. 이야기할 사람이라고는 사촌언니뿐,

게다가 언니도 매일 늦는 생활인데요. 예전에 홍콩에서는 언니도 있고 엄마도 있었는데, 그때 내게 가장 필요했던 것은 모국어가 아니었던가요. 하지만 이제 나는 그것에 그토록 목말라하지 않는 자신을 느낍니다.

이 신비는 어디로부터 온 것일까요. 나는 가만히 혼자 웃기까지 합니다.

어제는 사촌언니와 모처럼 시내에 나가 쇼핑을 하고 저녁을 먹었습니다. 무국적 음식이라는 팻말을 보고 들어간 집에서 일본식 생선회 샐러드와 스파게티 그리고 스테이크를 먹었지요. 일본에 와서 오랜만에 푸짐한 외식을 한 것이지요. 식당은 공원 옆에 있었습니다. 도심의 그 비싼 땅에 펼쳐진 공원은 아름답더군요. 음식도 맛있고, 그래서 행복했지만 그 말을 하지는 않았습니다. 나는 비로소 입을 다물 줄 아는 법을 배운 것입니다.

서울을 떠나기 전에 나는 우연히 무라카미 하루키라는 작가의 책을 발견했고 그것을 읽었습니다. 그것은 하루키가 일본을 떠나 외국에서 살았던 나날들의 기록이었지요. 하루키의 소설들을 별로 좋아하지 않는 나는 오히려 그 글을 읽으면서 그를 따뜻하게 체감할 수 있었습니다. 그는 어느 날 먼 데서 울리는 북소리를 듣고 자신의 나라를 떠났다고 했습니다. 그 구절을 읽으면서 사실 이것은 좀 과장된 표현이 아닐까 하고 생각했지만 그렇다면 나를 떠나게 한 것은 무엇이었을까 생각했습니다. 아마도 그것은 지침, 피곤함, 혼자 있고 싶다는 생애 처음의 절박한 심정들……. 그리고 나의 사랑. 그가 북소리를 들었다면 나는 아마도 종소리를 들었을 것입니다.

그것은 경고의 종소리. 내 삶이 더 이상은 파멸로 달려가서는 안 된다는 경종.

그래요, 지난여름부터 나는 그 종소리를 듣고 있었습니다. 도무지 그것이 무엇인지 깨닫지 못하고 있었지만 그것은 분명히 내 마음속에서 울리기 시작했던 것입니다. 나는 처음으로 높은 굽의 구두를 사서 신고 다녔고 짧은 미니스커트도 샀고 머리도 짧게 잘랐댔습니다. 화장도 하고, 귀도 뚫고……. 그런 증세들은 내게는 결코 예사로운 것들이 아니었습니다. 평생 나는 그토록 이상하게 폭발한 적이 없었던 것입니다.

나는 늘 불안하기는 했지만 그랬기 때문에 적어도 내 주위의 모든 것들은 내 마음보다 안정된 것들을 선호하고 있는 편이었습니다. 그런데 그 불안한 폭발이란…….

그것이 그토록 새로운 사물로 표현된 것은 아마도 내게 돈이 생겼기 때문이리라 생각하고 있습니다. 돈이 들어오는 대로 그냥 통장에 넣어놓고 있었던 나를 보고 L선생님은 놀라워하셨지요. 10만 원 하던 에스프리의 원피스를 덜덜 떨며 사는 나를 보고……. 그래요, 내게 돈은 그때는 그렇게 중요하지 않았습니다. 그저 빚을 얻지 않고 오늘 원고를 써서 오늘의 양식을 얻어야 했던 그 절박함이 없어진 것만이 감사한 일이었으니까요.

결코 돈 때문에 글을 쓰지 않아도 된다는, 그러니까 10만 원, 20만 원 하는 사보의 글이나 쓸데없는 콩트 따위를 쓰지 않아도 된다는 것만이 내게는 기쁨이었던 것입니다.

지금 생각해보면 다행히도 그때 그 경종이 울려주었다는 생각이 듭니다……라고 쓰는데 아니, 그럴 만큼 나는 몰려 있었구나, 하는 생각이 들었습니다. 나는 거의 벼랑 끝으로 몰려가 있었구나 하고.

기차가 지나갑니다. 신칸센일까요. 저는 아직 저 기차를 타보지 못했습니다. 매일매일 기차 소리를 듣고 있으면서도…….

조용히 내 마음을 응시합니다

대체 내가 두려워하고 있는 것은 무엇일까요. 내 마음의 증오와 체념 그리고 갈망을 조용히 나는 응시합니다.

화창한 일본의 백화점들 앞을 걸어 다니거나 혼자서 밤중에 다다미 방에 앉아 있으면 머리를 쥐어뜯을 것만 같은 환각이 나를 덮칩니다. 그래도 나는 가만히 있습니다. 견디고 있는 것입니다.

견디고 있는 나 자신에게 나는 묻고 싶습니다. 도대체 견디고 있는 것의 의미는 무엇인가. 대체 무엇을 위해서. 그래도 나는 가만히 있습니다. 왜냐하면 나는 이제 나 자신을 소중하게 여기고 싶었고 무슨 일이든 저지르는 일은 어쩌면 내게는 쉬운 일이며 그것은 맨 마지막에 일어나야 할 일이기 때문에…… 그러므로 예전처럼 그저 연극이 되어버릴 어떤 짓도 이제는 하지 않을 것이라고 나는 나 자신과 약속했기 때문입니다.

그건 힘든 생각이었습니다. 그리고 아이의 꿈을 연이어서 꾸었지요. 내 품에 가득 안기던 이의 그 체중이 잠을 깬 후에도 생생했습니다.

그리고 일본의 백화점 앞을 지나갔습니다. 토요일 오후, 날씨는 화사했습니다. 나는 쇼핑백을 들고 아이스크림을 먹으며 천천히 걷고 있었습니다. 신호등 앞에 섰을 때 어떤 엄마가 아이를 유모차에 태워 지나가더군요.

그 순간 갑자기 내 머릿속에서 촉 높은 백열전구 하나가 터져버리는 듯했습니다. 내가 대체 여기서 지금 무얼 하는 것인지, 하는 생각이 들었습니다. 그러자 백화점의 모든 쇼윈도에 일제히 검은 천막이 내려지고, 거리의 사람들은 움직임을 멈추었습니다. 나는 겨우 집으로 돌아왔습니다. 녹아내린 아이스크림 자국이 손에 엉겨 붙었더군요.

이를 악물고 혼자 있어보자는 나와의 맹세를 이렇게 쉽게 흔들며 깨어버리려고 하는 나 자신, 나 자신을 물끄러미 바라봅니다.

예전처럼 흔들리지 않고

L선생님께.

지금은 저녁 6시 반. 보내주신 팩스 잘 받았습니다. 저녁을 도시락으로 해결하고 막 설거지를 하던 참이었어요. 초밥이 먹고 싶어서 슈퍼마켓에 가서 도시락을 사오는데 자전거를 타고 가는 우리 동네 풍경이 하도 좋아서 그만 마음이 헤헤 풀어진 바람에 오늘은 선생님의 팩스를 받고 울지는 않았어요.

날씨 탓일까요—여자가 날씨 따라 이렇게 마음이 변하는지요?—다시 평상시의 리듬을 되찾은 기분이 되었습니다. 요즘 주로 집에 있었어요. 쇼핑도 좀 하고—주로 눈으로 했지만—혼자 도시락이나 빵 사 먹고—여기는 빵이 무슨 빵이든, 크림빵이든 앙꼬빵이든 무조건 한 개에 1,300원 정도예요. 맥도널드 햄버

거가 150엔인데, 손바닥 반만 한 빵 하나 값이 그것과 같아요—
그리고 집에서 멍청하게 TV 보고 글도 좀 쓰고 그랬어요. 집 밖
으로 나가지 않는다는 사실이 그렇게 불편하지는 않았는데…….
하지만 마음속 갈등은 여전하고 어떤 날은 좀 덜했다가, 어떤 날
은 좀 더했다가 부글부글입니다. 아직은 아무것도 결정하지 않
았어요. 우선 그저 담담하게 하루하루를 보내려고 해요.

하지만 이제 어떻게 살더라도 예전처럼 흔들리지 않고 중심을
잡은 상태로 살아나갈 수 있을 것 같은, 적어도 그런 상태가 되
기 위해 노력할 줄은 알게 된 것 같아요.

선생님은 제게 말씀하셨지요. 어떻게 살 것인지 그것은 전적으
로 저의 결정이라고요. 다만 네가 상하지 않고 네가 건강하다면
무엇이든 괜찮다고 말입니다.

건강하려고 합니다. 그럴 자신이 있다고 지금 말한다면 선생님
은 아직 믿지 않으시겠지요. 저도 그렇습니다. 그렇지만 그래도
또 말씀드려보려고 합니다.

선생님, 이제는 조금 자신이 생기는 것 같아요, 하고 말이지요.

박 선생님 시골집에 다녀오셨다구요. 박 선생님 건강은 어떠신
지요. 너무 어려운 분이라서 언제나 머뭇거리는 바람에 오히려
무례했던 저 자신이 부끄럽습니다. 박 선생님께 말씀 좀 전해주
세요.

이제 제가 돌아가면 잘할 수 있을까, 왜 박 선생님 앞에서는 그

렇게 떨리는 것인지. 하지만 박 선생님의 그 시골집은 얼마나 아름다울까 상상만 해도 즐거운 기분이 들어요. 더구나 박 선생님 내년부터 그리로 옮기기로 하셨다니 박 선생님에게 새로운 소설 세계가 펼쳐지지는 않을까 정말 기대가 되네요.

이제 7월에 서울 가면 박 선생님 새 집이랑 선생님 양양 집에 제가 무엇을 해드리면 좋을까요. 선생님이랑 박 선생님이랑 사시는 거 보면 꼭 저의 앞날을 보는 것 같을 듯해요. 그러니 선생님도 정말 잘 사셔야 해요. 그죠?

다른 사람도 그렇긴 하지만 특히나 S가 많이 생각나고 걱정되고 그래요. 제가 보고 싶어 한다고, 7월에 귀국하면 이야기 많이 하잖다고 꼭 전해주세요. 팩스를 보내려다가 말았거든요. 아마 지금 많이 힘들 거예요. 저는 그때 선생님이 옆에 계셔주셔서 한 고비 넘겼더랬는데…….

선생님, 이 팩스 받으시는 땐 아침이겠네요. 어떤 아침일까요? 사실 우리들에게 아침의 빛깔은 매일매일이 달랐고, 우린 그것을 나누었는데요.

내일 일본에는 비 소식이 있어요. 일본이라는 나라, 생각보다 참 스산하네요.

선생님, 다시 만나 뵐 때까지 건강하시고 강릉에도 한번 다녀오시고 멋진 봄날, 마흔아홉의 봄날 보내세요. 또 소식 주세요.

하나를 얻기 위하여

다시 저녁입니다. 그제는 32도까지 올라가는 기온이었습니다. 마치 여름이라도 된 듯이 긴팔이 덥게 느껴지더니 어제는 또 흐리고 음산한 날씨였습니다. 혼자서 큰맘 먹고 일본에 도착한 이래로 처음 지하로 들어가지 않는 기차를 타고 신궁이라는 곳을 찾아갔더랬습니다. 음산한 토요일, 긴장되고 설레는 마음으로 열차를 기다리며 플랫폼에 앉아 있는데 갑자기 무어라 이야기할 수 없는 마음이 들었습니다. 뭐랄까, 여행자의 기분 같은 것, 미지의 곳으로 떠나는 자의 그런 마음이 들었다고나 할까요. 그런 기분을 느끼면서 문득 아아 이것이 내 본래의 모습은 아닐까, 혼자 날 내버려두는 것을 그렇게 견딜 수 없어 하던 나였지만 어느덧 나는 이렇게 혼자인 것, 혼자서 용감하게 알 수 없는 곳으로 떠나보는 것, 이것이 본래의 내 모습은 아닐까 하고 느꼈습니다.

무시무시하게 무성한 나무들이 우거진 신궁 길을 걸으면서 음산하고 쓸쓸했던 기분. 이상한 일입니다만, 나는 이 일본에서 전혀 이국을 느끼지 못하고 있습니다.

하지만 일본의 종교는 막강한 힘을 미치고 있는 것 같아요. 일본에 와서 제일 먼저 느낀 것은, 서울 우리 집 베란다에서 내다보며 세어봤을 때 16개나 되던 십자가들이 도무지 보이지 않는다는 것이었으니까. 어쨌든 신궁에는 토요일이라 그랬는지 갓 태어난 아이들을 안고 부부들이 걷고 있었어요. 태어날 때부터 저들은 신궁에 참배하는 법을 익히는 것입니다.

편견 없이 바라보자면 기모노 차림의 모습들이 아름다웠습니다. 우선 색깔들이 수수하고, 무엇보다 기모노는 퍼지지 않는 옷이니까요. 그래서인지 전혀 눈에 띄지 않고 좋아 보였습니다. 이네들이 자신의 것을 지키는 습성은 본받을 만해 보였습니다. 언어라든가 음식은 서양식으로 무섭게 변해가고 있지만 이들은 자부심을 가지고 있는 듯이 보였습니다. 물론 그것의 가치를 따지자면 말이 길어지겠고, 나는 별로 찬성하지 않고 있습니다만.

우리의 한복도 저렇게 평상복처럼 수수한 빛깔, 그러니까 연한 회색이나 갈색 또는 감색으로 만들어서 입도록 하면 좋을 텐데 하는 생각이 들었습니다.

신궁의 팻말을 살펴보았지요. 이 세상의 모든 종교의 기반이 그렇듯 신궁도 상업화되어 있었습니다. 간판을 보니, 대학 합격기도에 얼마, 아이 태어난 것 축하에 얼마……. 교통사고 방지 부적이니, 가정의 안녕을 위한 부적이니, 아예 정찰제이더군요. 5천 엔, 6만 엔이라고 붙은 정찰제 팻말을 바라보며 혼자 가만히 웃었습니다. 그럴 수만 있다면, 그걸로 얻을 수만 있다면 얼마어치의 돈인들 지불하지 않겠습니까마는.

오늘은 소설 마감이 다 되어서 하는 수 없이 집 안에 틀어박혀 있었습니다. 뭐랄까, 이제 여유 같은 것이 좀 생겼습니다.

그렇다고 마음이 언제나 평온한 것은 아닙니다. 다만 감정의 기복이 조금씩 줄어들고, 이 언덕이 끝나면 평지가 나올 거리는 믿음이 내게서 조금씩 자라나고 있으며 하나를 포기하는 것은 하나를 얻는 것이고, 하나를 얻기 위해서는 하나를 포기할 수밖에 없는 상황에 내가 이미 스스로를 가져다놓았다는 인식이 들었습니다. 이런 생각을 하는 내가 나는 기특했습니다. 왜냐하면 그것이 현실인 줄을 이제 비로소 알게 되었기 때문입니다.

예전에는 누군가 가까이 있어도 내 마음은 얼마나 집착의 지옥을 헤매어 다녔는지요.

오늘은 하도 글이 풀리지 않아서 슈퍼마켓에 다녀오는 길에 가지 않았던 길로 자전거를 끌고 천천히 가보았습니다. 일본의 미덕 중의 하나는 어떤 집의 담장에도 꽃들이 피어 있다는 것입니다. 담벼락 밑의 그 좁은 틈새, 흙이 없으면 플라스틱이나 스티로폼 화분에도 꽃들은 피어 있습니다.

저녁 무렵 자전거를 타고 슈퍼마켓에 가는 길이면 물뿌리개를 들고 물을 주고 있는 할머니를 심심찮게 구경할 수 있습니다. 그렇게 피어난 꽃들 덕분에 이 도시는 삭막하지 않고 골목길들은 풍부한 표정을 가지고 있습니다. 흰 소국, 들꽃무더기처럼 피어난 진분홍 꽃들……. 그것은 초밥에 된장국을 작은 종지 같은 것에 곁들여주는 것조차 큰 서비스가 될 정도로 인색한 일본의 또 다른 모습입니다.

남자들은 이런 기분을 모르지요. 왜냐하면 그들은 큰길로만 다니니까요. 그것이 그들의 일이니까요. 빨리 가야 하고, 큰길들에 업무를 처리할 빌딩들이 서 있으니까. 빌딩이 서 있으면 그것은 이미 뒷골목이 아니니까. 그래서 뒷골목은 여자들의 것입니다.

오늘 가본 그 거리에서는 벌써 장미가 어린아이의 얼굴만 하게 피어나 있더군요. 훈제 연어에 크림소스를 듬뿍 얹은 것 같은 빛깔이었습니다. 자전거를 타고 달리다가 나도 모르게 아, 하는 생각을 했지요. 누군지 모르지만 저 장미를 심은 자에게 축복이 있기를, 하는 생각이 절로 들었습니다. 아시겠습니까. 때로 아무것도 아닌 행동이 그 곁을 지나가는 나 같은 이방인의 쓸쓸함을 덜어줄 수도 있다는 사실, 그 장미를 심고 물을 준 사람은 이 생에서는 나와 결코 인사를 나눌 수 없는 사람일지도 모르지만 우리는 이미 그렇게 만난 것입니다. 아마 내가 신세를 진 것이라고나 할까요. 나도 언젠가 저런 장미를 집 울타리에 심을 수 있겠지요. 그때 아마 나도 생각하게 될 것입니다. 이 장미가 예쁘게 자라나서 쓸쓸한 누군가에게 위로가 되기를.

그렇다면 그 장미는 그저 장미인 것이 아니라 나에게는 다른 쓸쓸한 존재와 나를 연결시켜주는 한 생명으로 느껴질 테지요.

자전거 페달을 천천히 밟아 동네를 한참 돌았습니다. 내 자전거 바구니에는 오늘 저녁 나의 식사가 될 220엔짜리 초밥과 100엔짜리 감자 크로켓이 들어 있었지요. 아직도 남아 있었던 감자 크로켓의 온기가 내게는 얼마나 따뜻한 위안이었던지요.

삶에 대해 생각합니다. 그토록 행복하고 싶었지요. 그토록 사랑받고 싶었지요. 그토록이나 평화롭기를 기도했습니다. 그래서 행복할 수 없었고 사랑받을 수 없었음을, 그래서 마음의 평화는 한 번도 내 것이 아니었음을 이제 깨닫습니다. 역설적이게도 그렇게 생각하는 나에게 내가 그토록 바라던 평화가 조금은 깃들어 내리는 것을 느낄 수 있습니다.

내게 어떤 일이 일어나든 이제는 평화롭게 살아갈 수 있을 것만 같습니다. 혼자서든 아니든……. 아니, 사실은 누구와 함께하는 부분은 아직은 자신이 없습니다. 남자와 여자가 함께 살아간다는 것은 너무나 많은 대가를 치러야 한다는 것을 이제 알게 되었습니다.

오는 길에 다시 한 번 그 장미를 보러 갔습니다. 중간 크기의 전형적인 일본 목조 주택, 문패에 스즈키라는 성이 붙어 있더군요. 그래서 나는 스즈키라는 이름을 기억했습니다. 저 장미를 심은 사람이 스즈키 씨이든, 스즈키 씨 부인이든 그도 아니면 이미 작고한 스즈키 1세든 그들은 나와 만난 것입니다. 어쩌면 내일부터 매일 저녁 어스름에 저녁 식사를 사러 가면서 그 장미를 보러 갈지도 모르겠습니다. 만개한 그 장미가 이제 지는 일만 남았겠군요.

『조용한 생활』을 읽는 밤

가끔 멍청한 내 머릿속에서 너무나 많은 생각들이 폭탄처럼 터져 나옵니다. 미처 글을 쓸 사이도 없이 누구에게 설명할 사이도 없이. 그러면 이렇게 가끔씩 나는 글을 쓰기도 하지만 생각의 잔해를 주워 담기에 바쁠 뿐입니다.

어젯밤 잠이 오지 않아서 오에 겐자부로의 『조용한 생활』을 다 읽었습니다. 『조용한 생활』이라는 제목이 맘에 들어서 산 책이었지요. 담담하고, 때로는 지루하기까지 한 그의 글 속에서 나는 가끔씩 북받치는 듯한 어떤 감동을 읽었습니다.

그 책의 초반에 나오는 대학 4학년짜리 정 많고 영리한 소녀—대학 4학년을 소녀라고 하기에는 좀 뭣하지만 왠지 그녀의 인상은 계속 소녀로 남아 있습니다—의 진술이 내내 마음에 남았습니다.

지적 장애아 오빠를 수발하며 이 소녀는 어머니의 호들갑과 절망을 바라보면서 이야기합니다.

빌어먹을 빌어먹을! 눈앞이 캄캄해도, 힘을 내서 나아가면 되잖아! 하고.

33년 4개월을 살아온 지금 나는 생각합니다. 정말 그러면 되는 걸까, 그러면 되는 걸까 하고.

선동열 선수의 패배를 TV 중계를 통해 바라보았습니다. 그는 위축되어 있었습니다. 한국에 있었을 때 해태 타이거즈의 팬이었던 내가 바라보던 그의 자신감 있던 모습을 여기서는 한 번도 보지 못했습니다. 그때 내 마음속에 떠오르는 생각. 아아, 식민지……

그제야 내게 떠오르는 선명한 생각이었습니다. 그러니까 식민지의 여파는 일본에 도착한 이래 일본인들과 말을 나누어야 하는 순간에 내 마음속에서 한 번도 사라진 적이 없었습니다. 이 묘한 위축감들. 처음에 여기 도착해 느낀 나의 위축들, 중국인이냐고 묻는 택시 운전사에게 아니요, 한국 사람입니다 하고 대답했을 때 그의 실망스럽고 퉁명스러운 반응에도 나는 위축되고 있었습니다. 일본에 대해 내가 가졌던 좋은 이미지들은 이곳에 와서 지내는 동안 산산이 사라져버렸지만 그 위축감은 남아서 오늘 선동열의 패배를 바라보면서 나를 생각에 잠기게 만드는 것입니다.

그래, 이것은 길고 무서운 역사이구나. 선조들의 패배는 결코 선조들만의 패배는 아니었구나. 그러므로 역사는 무서운 것이구나 하고.

무엇이든 과장되게 연상하는 나의 단점들이 여기서 또 떠오르는 것인지도 모르지만 말입니다.

하지만 만일 이곳이 미국이었다면 또 다를 것이라고 생각해봅니다. 예를 들어 우리보다 단지 잘사는 나라들, 그러니까 프랑스나 스위스라면 달랐을 것입니다. 그들에게 한국인이란 그저 극동에 있는 한 나라일 뿐이고, 그저 노란 얼굴의 사람일 뿐이니까요. 같은 동양인 필리핀이나 중국에 갔을 때의 느낌도 그랬습니다. 저는 그저 한국이라는 나라의 사람이었으니까요. 하지만 이곳에서 한국인이라는 말은 그저 외국인이라는 의미만이 아닙니다. 우리에게 일본인이라는 말이 그저 외국인이라는 말이 아니듯이 말입니다. 저 역시 홍콩에 있을 때와는 다르게 비판하려고 드니까요.

지나치게 닮은 두 나라 사람들의 얼굴들. 조사의 미묘한 개념들까지도 공유하는 두 나라의 언어. 그러므로 나는 생각해보는 것입니다. 이곳에서 우리말도 도무지 모르는 채 단지 한자 발음을 우리식으로 읽고 있는 것으로 한국인임을 증명하고 있는 재일 한국인들의 억눌림을. 그들의 용기와 그들의 애국심? 뭐, 이런 것들을.

하지만 잠시 생각이 바뀌어 오오타 오사무라는 내가 유일하게 말을 나누어본 일이 있는 일본인 대학생을 생각했습니다. 한국에 도착하면 이상하게 위축된다는 그, 더듬거리는 말투로 연세대에서 한국사를 공부하던 교토대학 출신의 그 선한 일본인. 그래, 식민지라는 것은, 양국의 역사라는 것은 결코 교과서에만 있는 것은 아니라는 생각.

윤동주의 시 「쉽게 씌어진 시」를 좋아했습니다. 그가 유학 시절에 쓴 시라고 했지요. 그 시에 나오는 것처럼 내가 사는 방도 6조 다다미 방입니다. 여기 6조 다다미 방에서 나는 새삼 그 시인을 생각합니다. 어린 시절, 그의 시를 베껴 쓰면서 한국말로는 '첩'이라고 읽고 일본말로는 '조'라고 읽는 그 한자의 의미를 도무지 몰라 답답했던 그 심정이 내게서 선명하게 살아오는 것입니다.

말이 너무 심각해졌습니다. 우스운 이야기 하나 할까요. 어제는 밤에 사촌언니가 한국 식당에서 김밥하고 순대를 사왔습니다. 순대는 그저 그런 순대였고 문제는 김밥이었습니다. 그 김밥은 가짜 소시지와 단무지만으로 만들어 깨소금을 촌스럽게 뿌린 것이었는데—가짜 소시지는 대체 어디서 났을까요? 일본은 훈제 음식이 발달한 편이라 소시지도 아주 맛있는데요—우습게도 고향의 맛이었어요!

초밥이 그토록 맛있는 이 일본에서 그 가짜 소시지와 단무지를 넣은 김밥을 먹으면서 언니와 나는 즐거워했지요. 고향이란 이런 것인가요?

이제 모든 것이 추억으로 변해버렸습니다

사촌언니가 답사를 하러 일본 시골로 떠나게 되었습니다. 바쁜 와중에 미안하다는 언니는 저를 데리고 오사카 성에 갔습니다. 하필이면 그 유명한 성은 공사 중이라 출입이 금지되어 있더군요. 언니는 자신이 돌아온 다음 방학이 되면 함께 여행할 것을 권했습니다만, 저는 고민 끝에 혼자서 일본의 몇 도시들을 더 돌아본 다음 혼자서 서울로 떠나겠다고 고집했습니다.

교토 금각사 앞의 카페에 들어가 커피를 마시다가 주인 여자와 서투른 일본말로 이야기를 나누었습니다. 내가 혼자서 일본 여기저기를 여행하고 있는 중이라니까 우리 동네 슈퍼마켓 아줌마처럼 생긴 그 여자는 "스고이"라고 말하더군요. '스고이'라는 단어는 원래 무섭다, 굉장하다라는 뜻인데 이곳 TV 프로그램에서 심심찮게 들을 수 있는 감탄사입니다. 그래서 나는 대답했습니다. 나 자신에게도 지금의 내가 "스고이"하다고 말이지요.

다시 오사카로 돌아왔더니 언니는 짧은 쪽지로 인사말을 남기고 떠났더군요. 짐을 쌌습니다. 그러자 하루가 남았더군요. 택시를 타고 H백화점에 들러 친구들에게 줄 선물을 고르다가 문구점 앞에 이르렀습니다. 나는 아직도 문구에 대한 욕심을 버리지 못합니다. 만년필이나 볼펜들 혹은 노트들. 서울에서도 그건 마찬가지였지요. 그래서 문구점을 실컷 기웃거린 후에 거기서 조카들에게 줄 선물을 샀습니다. 48색의 사인펜을 골랐지요. 도회에서 자란 내게 색연필이라든가 크레파스라는 이름은 농촌에서 자란 이들에게 수수깡이라든가 잠자리가 주는 기억과 같은 무게를 가질지도 모릅니다. 나는 크레파스라는 이 이국의 단어를 그저 무심히 생각할 수만은 없습니다. 그것은 내 어린 날을 채색했던 하나의 뉘앙스라고나 할까요.

그리고 필통을 몇 개 골랐습니다. 산요사에서 나온 필통에는 여전히 고양이 키티가 웃고 있더군요. 초등학교 2학년 때였던가, 아버지가 도쿄에 다녀오시면서 내게 빨간색의 필통을 사다 주셨던 기억이 납니다. 그 필통에서 나는 고양이 키티를 처음 만났습니다. 귀여운 고양이였지요. 그 필통 속에 들어 있었던 지우개 속에서도 키티는 웃고 있었지요. 반 아이들이 일제 필통을 가지고 다니는 나를 구경 오던 생각이 납니다. 아버지가 사다 주셨던 핑크색 바바리와 디즈니 시계, 그리고 롤러스케이트. 그런 신기한 이국의 물건들로 나는 늘 관심의 대상이 되어 있었댔습니다. 행복했느냐구요. 글쎄요. 그것은 나를 행복하게도 만들었지만 불행하게도 만들었던 것만 같습니다. 어떤 사람들에게 관심의 대상이 된다는 일이 행복하기도 하고 불행하기도 하듯이 말입니다. 쇼핑백을 들고 백화점을 나서니 비가 거세게 내리고 있었습니다. 비가 그치기를 기다릴까 택시를 타고 그냥 집으로 돌아갈까 망설이다가 우산 가게에서 카키색 우산을 하나 샀습니다. 이제 떠나기 전에 나는 이 거리를 좀 걸어보고 싶었습니다. 언니의 심부름을 하거나 적적한 오후, 나는 자전거를 타고 이 거리의 백화점 앞을 지나쳐 달렸더랬습니다. 신라면을 끓여주는 한국 음식점과 일본 파친코 앞, 거기에다 새 모이처럼 양이 적은 케이크를 곁들여주던 하얀 차양이 달린 카페 앞 모두 다 비에 젖고 있었습니다. 아마도 나는 다시는 이런 자세로 이 거리를 걷지는 않게 되겠지요……라고 생각하는 순간 무슨 까닭에서였을까요, 눈물이 솟았습니다. 비가 내려서 다행이었던 것 같습니다. 우산을 산 일도 잘한 것만 같았습니다. 아니면 이 이국의 네거리에 서서 나는 아마도 내 눈물을 감출 방법을 몰랐겠지요.

나는 그리고 그날 저녁 혼자서 그 도시를 떠났습니다. 안개처럼 가는 비가 뿌리고 있는 저녁이었습니다. 밖으로 나와 열쇠로 현관문을 채우고 그 열쇠를 다시 신문이 들어오는 작은 구멍 속으로 밀어 넣었지요. 쨍그랑 하고 열쇠가 떨어져 내리는 소리가 오래 내 귓가에 남았습니다. 이제 저 문은 내게서 영원히 닫혀진 것입니다. 아마도 내가 어느 날 다시 사촌언니를 방문하기 전까지 저곳은 나의 공간이 아니겠지요.

그동안 내가 정을 붙였던 부엌의 작은 가스레인지와 사촌언니와 함께 샀던 작은 탁자, 아침마다 폭폭 소리를 내며 끓던 커피 메이커의 향기. 바나나를 넣어두고 먹던 등나무 바구니의 푸른 빛깔. 나의 저녁 식사였던 초밥과 참치와 와사비. 열쇠가 떨어지고 나자 모든 것은 추억으로 변해버렸습니다. 이제 저 문 안으로 나는 들어서지 못하겠지만 기억들은 남아서 가끔씩 나를 저 문 안으로 안내해주겠지요.

트렁크를 들고 비 내리는 거리로 나서서 역으로 갔습니다. 이 담담함은 어디서 오는 것인지요. 나는 처음으로 광장에 서서 아주 담담했습니다.

나는 지금 나고야로 떠나려고 합니다. 오사카 성이 공사 중인 바람에 일본의 성을 보지 못한 까닭입니다. 역에서 나고야의 관광 안내도를 얻어서 그것을 들여다보았습니다. 도요토미 히데요시가 세운 성이 있는 도시, 선동열 선수가 몸담은 주니치 드래곤즈가 연고로 삼은 도시. 그리고 아버지의 오랜 친구인 마쯔다 미사코라는 할머니가 있는 도시. 아마도 거기서 한국으로 떠나게 되겠지요. 신칸센을 타기 전에 나는 돌아보았습니다. 비가 내리는 거리를 자동차들이 좌측으로 달리고 있더군요. 사람들이 걸어가고 있었습니다. 나는 그 낯선 사람들을 향해 가만히 중얼거려 보았습니다.

그러면 안녕히, 하고.

처음으로 혼자인 이 시간

비가 내리고 있습니다. 아마도 일본에서 바라보는 마지막 비가 될 것 같은 예감입니다.

전화로 비행기를 예약하고 낮에는 비 내리는 이 도시의 나고야 성을 돌아보았지요. 훌륭했습니다. 그러나 나는 계속 다른 생각에 골몰해 있었습니다. 그래서 성은 그저 훌륭할 뿐이었지요.

이제 모레면 나는 한국으로 돌아갑니다. 두 달간⋯⋯. 생각해보면 조용한 여행이었습니다. 나를 힘들게 만들고 그래서 나를 더욱 자라게 만들었던 여행이었지요. 어느덧 익숙해져서 간간이 뜻을 알아듣는 TV를 켜놓았습니다. 흰 요리 모자를 쓰고 맛있는 음식을 만드는 사람들. 맛있다는 뜻의 "오이시이"를 연발하는 TV를 켜놓고 이 글을 씁니다. 이곳은 나고야 성을 정원처럼 바라보는 호텔입니다. 비싸기는 했지만 일본의 그 코딱지만 한 공간들이 지겨워진 나는 큰맘 먹고 이곳에 들었습니다. 하지만 그들이 정해준 나의 방은 그리로 나 있지 않네요. 처음에는 방을 바꾸어달랄까도 생각했습니다만 그러지 않았습니다.

창밖으로는 검고 흰, 전기를 아끼기 위한 소박한 불빛들이 보입니다. 오늘은 저 수수한 불빛이 나를 위안해준다고 생각하려다 말았습니다. 빌어먹을, 웬 이렇게 위로해주는 것도 많을까요. 나는, 정작은 하나도 위로받지 못하면서 말입니다.

몇 번이나 그리운 이들에게 전화하고 싶었고, 전화를 걸어서 목소리가 들려오면 전화를 끊을까 생각했지만 전화하지 않기로 결심했습니다.

며칠간 혼자서 여행하면서 정말이지 거의 평생 처음으로 오로지 혼자라는 느낌을 가졌습니다. 내 살점을 거기 둔 채로 떼어내고 온 듯한 이별의 기억들도 아득해지기를 바랍니다.

이제 나는 누구의 전화도 기다리지 않습니다. 전화벨이 울릴까 오싹하던 기억도, 냉장고가 작게 몸서리치던 기색에도 깨어 일어나던 한밤중의 기억도 지워버리렵니다. 나는 완전히 은폐되어 있습니다. 그리하여 나는 마침내 자, 유……라는 단어를 아주 조금 감지해봅니다.

그런데 내 방에서 바라보는 저 도시의 불빛들은 왜 그렇게 어두울까요. 누구에게도 의지하지 않고 오로지 나 자신에게만 의

지하면서, 나 자신을 믿고 사랑하면서 살아가야 하겠지요. 죽고 싶은 생각조차 들지 않는 것은 아직도 나 자신에게 삶의 희망이 남아 있기 때문일까요.

저 건물의 옥상 위에도 자잘자잘 비가 내리고 있습니다. 일본은 매우(梅雨), 그러니까 장마가 시작된다고 합니다. 그래요, 시작되어야겠지요. 그것이 시작되어야 한다면 말이지요. 저는『조용한 생활』에 나오는 마짱의 말을 기억했습니다.

"빌어먹을, 빌어먹을, 눈앞이 캄캄해도, 힘을 내서 나아가면 되잖아! 그러면 되잖아!"

내가 사랑이라고 이름 불러주었던 집착을
이제 떠납니다

공항 면세 구역에 앉아 이 글을 씁니다. 지금 시각은 정확히 1시 40분. 대합실에 앉아 자그마한 노트북을 펴놓고 글을 쓰는 재미도 그러고 보니까 쏠쏠한 데가 있습니다. 일본의 매우는 어제까지, 어제의 일기예보는 오늘도 비가 내릴 거라고 했지만, 일본의 일기예보는 거의 틀림이 없는 적중률을 자랑하고 있지만, 어제 호텔 창밖을 보면서 나는 오늘은 날이 갤 거라고 확신했습니다. 아침에 일어나 짐을 싸는데도 비가 내리고 있더군요. 그래도 확신했습니다. 어쩌면 고집을 부리고 있었는지도 모르지요. 비는 갤 거라고. 나의 기원 때문은 아니겠지만 지금 일본은 해가 쨍쨍합니다.

잠은 새벽에 깨었습니다. 어두운 창밖으로 비가 내리고 있었습니다. 짐을 싸고 나자 할 일이 없었습니다. 11시쯤에 호텔을 출발하면 될 터이니 시간이 무료하더군요. 여행 중에 처음으로 배가 고프다는 생각을 했습니다. 비싼 엔화 때문에 조금 망설였지만 전화를 걸어 룸서비스로 아침을 청했습니다.

쟁반쯤에 담아주는 아침 식사만 생각했더랬는데 보이가 식탁을 밀고 오더군요. 거울보다 맑게 닦인 은제 접시와 스푼 그리고 고급 도자기들. 오로지 나 자신을 위해 이토록 돈을 써본 일이 없어서 잠시 당황했지만 천천히 아침을 먹었습니다. 괜찮다고 나 자신에게 말해주었지요.

이제 여행을 마칩니다. 헤어짐은 헤어짐이 아니더군요. 침묵은 침묵이 아니며, 말은 말이 아니더군요. 그동안의 나는 침묵은 그저 무일 뿐, 아무것도 전하지 못할 거라는 생각에 얼마나 초조한 나날들을 보냈는지요. 헤어짐은 내 살점을 찢어내는 것처럼 느껴졌지요. 마음에도 없는 말들을 그토록 뱉어놓고 부끄러움 때문에 거리를 걸으면서 토할 것만 같은 시간들도 지나갔습니다.

아아, 나는 드디어 변화하기 시작한 것입니다. 남들이 이미 가지고 있는 변화를 이토록 비싼 대가를 치러서 얻어내는 것이 서글프지만, 대가를 치르고도 변화하지 못하는 것보다는 나은 거라고 특유의 낙관으로 생각해보았습니다.

하지만 언제나, 마치 잘라내도 뿌리만 있으면 다시 돋아 나오는 잡초처럼 끈질기게 내 가슴 밑바닥을 기어 다니는 생각들. 내 인생만 33년 하고도 4개월 동안, 그래, 하고 싶은 일을 마음껏 했습니다. 사실, 그것은 진정한 자유와는 거리가 먼 것이었고, 때로는 내가 무엇을 하고 있는지 도무지 깨닫지도 못하면서 저지른 일들, 내가 준 상처들⋯⋯.

그러니 이제 남은 33년은 그것을 수습하면서 보내야 하리라는 생각. 그것이 설사 내가 예전에 생각하던 행복과 거리가 먼 것이라 해도 나는 너무 많은 일들을 저질렀고 너무 많은 사람들에게 상처를 입혔음을 깨닫습니다. 언제까지 말썽꾸러기로 남아서 사람들에게 놀라운 구경거리가 될 수는 없지 않을까요. 그리고 내가 나의 인생 초반에 저지른 일들을 수습하는 동안 만일 나에게 남은 복이 조금이라도 있다면, 받으면 좋고 받지 않아도 하는 수 없으리라는 생각. 나의 이 생각이 부디 확고해지기를, 부디 오래도록 남아서 내 마음의 대들보가 되기를. 이 공항 한 귀퉁이 의자에 앉아 노트북을 무릎에 올려놓고 글을 쓰면서 나는 기원해 보는 것입니다.

그래요, 나는 아마도 이 시간들을 기억하게 될 것입니다. 비로소, 태어나서 처음으로 비로소 혼자 있는 이 시간, 누구의 시선, 누구에 대한 기다림, 누구와의 끈도 없이 이토록 온전히 혼자였던 지금 이 시간⋯⋯. 내가 사랑이라고 이름 불러주었던 집착으로부터도 이제 나는 떠납니다. 끝이라고 믿어왔던 그 수많은 모퉁이들을 돌아 앞으로 걸어갑니다. 글쎄요⋯⋯. 나는 감히 예감

했습니다. 아마도 먼 훗날 이날을 기억하며 글을 쓰리라. 그것은 내 인생의 새로운 장을 열었던 하나의 봉우리 같은 시간이었다고…….

이 세상에 발을 디딘 지 33년 4개월이 지나고서 처음으로 나는 내 인생의 한 시간을 시작합니다.

3

|

나를 꿈꾸게 하는
그날의 삽화

아직 나를 꿈꾸게 하는 그날의 삽화

　누군가 나에게 묻는다면 자신 있게 대답할 사항이 내게는 몇 가지 있다. 그것은 바로 나의 주거에 대한 희망 사항이다. 서울 토박이로, 그것도 열 살이 채 못 된 나이부터 대단위 아파트 단지에서 자란 내게는 이상한 꿈일지도 모르지만, 나는 텃밭이 있고 대숲이 있는 집에서 살고 싶었다.

　진돗개 두 마리와 삽살개 두 마리, 거위 세 마리, 그리고 다리가 통통한 암탉과 긴 목이 아름다운 한국 수탉을 키우면서 말이다. 상추와 토마토, 고추와 가지 그리고 딸기와 호박 덩굴. 매화나무와 감나무, 살구나무, 대추나무 그리고 바람과 비에 예민하게 떨리는 파초 이파리. 때로는 이런 공상 속에서 밤을 새우는 일도 있었다.

한번은 이런 공상 속에서 깨어나 문득, 대체 나로 하여금 끝도 없이 이런 공상 속에 빠지게 하는 힘은 무엇일까 생각했다. 나의 어머니는 거의 5대가 넘게 서울에서 자라오신 분이었고, 아버지 또한 서울 근교에서 할아버지 대에 서울로 이주하신 분이었다. 어머니로 말하자면 농사의 농 자도 모르는 분이었고, 그것이 자연이든 천연이든 그도 아니면 세상없는 절경이라 해도 도회적 의미로 청결하지 못하면 혐오감을 감추지 않는 분이었다. 예를 들면 개가 아무리 예뻐도 털이 날리는 것을 혐오하고 인도와 중국 그리고 남미를 여행하는 것을 역겨워하시던 분이었으니 말이다. 이유는 한 가지, 그들은 너무 더럽다는 것이었다.

사막이 더러운 것이 아니라 자동차에서 내뿜는 매연이 더러운 것이고, 인도의 쇠똥이 더러운 것이 아니라 멀쩡해 보이는 우리의 강물에 녹아 있는 카드뮴이나 수은이 더러운 것이라고 말을 해도 소용없었다. 하기는 예전에 우리가 한옥에 살 때 비가 오면 질척거리는 한옥 마당을 시멘트로 깨끗이 바르고 나서 흐뭇해했던 어머니였으니까 더 할 말도 없었다.

더구나 내가 한때 이런 나의 공상을 피력하자마자 대번에 면박을 주셨다. 대체 그런 게 얼마나 지저분한지 아느냐고. 닭똥과 개털과 먼지와 흙으로 범벅이 된 마당을 생각해보라고 말이다. 하지만 어머니도 모르는 것이 있다. 바로 이런 공상을 심어준 사람이 바로 당신이었다는 것을 말이다.

아파트로 이사하기 전, 그러니까 여덟 살 이전 무렵의 어떤 여름날의 삽화가 내게는 있다. 대청마루로는 솔바람이 불어오고 나는 어머니가 마악 햇볕에서 마루로 걷어놓은 뽀송뽀송한 솜이불 위에 누워 있었다. 햇볕은 뜨거웠지만 솜이불에서 내게 전해져 오는 그 열기는 뭐라 설명할 수 없이 상큼한 것이었다. 그 건조하고 까실까실하고 따끈한 쾌적함.

아직 '깨끗하게' 시멘트를 바르지 못한 한옥 마당은 서늘한 물기가 뿌려져 있고, 그리고 아랫집 사과나무에서 매미가 울고 있었다. 빨래가 나부끼는 마당의 풍경 너머 피어오르던 뭉게구름과 빛나는 검자줏빛으로 윤이 나던 장독대들. 마당 한구석 펌프가의 커다란 함지박 속에는 할머니가 사 오신 수박이나 참외가 둥둥 떠 있곤 했다.

도회적으로 구성된 것이긴 했지만 우리 집 화단에는 여름 아침이면 이슬을 머금은 나팔꽃이 피고 저녁이면 분꽃이 피어났다. 담장을 따라 올라간 이른 아침 나팔꽃의 아름다움을 어떻게 설명해야 할지. 그리고 찬바람이 불고 나면, 눈동자처럼 맺히던 그 까만 씨앗들.

대청마루에서 나도 모르게 눈을 감으면 매미 소리가 멀어졌다 가까워지고 할머니와 어머니가 풀을 먹이며 주고받는 소리가 멀어졌다 가까워지고 다듬잇돌 소리가 멀어졌다 가까워지고 문득 눈을 떠보면 벌써 푸르스름한 여름 저녁이 마당에 내리고 고소하게 갈치 굽는 냄새가 피어나곤 했다.

요즈음 가끔씩 아파트 베란다에서 바깥을 내다보고 서 있으면 차가 오가는 아파트 단지 안에서 노는 아이들이 보인다. 그러면 그때 어김 없이 내 여덟 살 적 어린 여름날의 삽화가 떠오른다. 그러므로 누군가가 다시 내게 묻는다면 자신 있게 대답할 수 있는 일이 내게는 한 가지 더 보태지는 것이다. 만일 그 여름날의 삽화가 내게 없었다면 내 인생은 결단코 달라졌을 거라고. 그러니 나의 아이들에게 대청마루와 뽀송뽀송한 풀을 먹인 이불과 나팔꽃과 분꽃을, 삭막한 시멘트 광장 가득 불쾌하게 달아오르는 아파트 단지의 여름날 말고, 내 기억 속에 남아 아직도 나를 꿈꾸게 하는 그런 여름날의 기억을 꼭 물려주고 싶다고 말이다.

똥개 바둑이

어렸을 때 집 마당에는 메리라는 개가 있었다. 스피츠의 잡종인 메리는 털빛이 희고 몸집이 크지 않았으며 손님과 잡상인을 구분할 줄 아는 아주 영리한 개였다. 저녁을 먹고 나면 어머니는 식구들이 남긴 밥을 담고 구운 생선 남은 것을 모아 개밥을 만드셨다. 어둑어둑한 기운이 한옥집 처마에 내릴 때면 연탄불 위에서 찌그러진 메리의 양은 밥그릇이 달그락거리고 메리는 따뜻한 저녁을 먹곤 했다.

겨울밤에 형제들과 아랫목에 앉아서 광에서 꺼낸 차가운 날고구마를 깎아 먹으며 놀다가 화장실에 가는 길이면 메리는 어두운 마당에서 초롱초롱 검은 눈을 빛내며 나를 따라오곤 했다. 내가 메리, 하고 부르면 두 발을 모으고 배를 땅에 깐 채로 어리광을 피우던 흰 강아지.

그런데 어느 날 메리가 사라져버렸다. 온 동네를 뒤졌지만 허사였다. 오빠는 시무룩한 얼굴로 학교로 가고 나는 온종일 주인 잃은 메리의 작은 개집만 바라보며 앉아 있었다. 동네에 개장수가 나타나 개들을 훔쳐갔다는 이야기가 들렸다. 그 귀여운 메리를 잡아먹으려고 가져간 개장수 이야기만 생각해도 토할 것 같았다.

그 후로 우리 집은 아파트로 이사를 하게 되었으니 개를 키운다는 생각 같은 건 하지 못하고 지냈다.

그러던 어느 날 고등학생이 된 오빠가 작은 상자를 들고 집으로 돌아왔다. 내가 달려가니 뜻밖에도 그 속에는 박카스 상자가 아주 크게 보일 정도로 작은 강아지가 한 마리 들어 있었다. 아직 눈도 뜨지 못한 어린 강아지였다.

형제들은 학교에서 돌아오면 책가방 속에서 우유나 과자를 꺼내 바둑이에게 주었다. 바둑이는 형제들이 용돈을 아껴 사 온 우유를 먹고 잘도 컸다. 하지만 문제는 바둑이의 꼬리가 위로 도르르 말려 부끄러운 부분이 훤히 드러나 보이고 다리도 짧은 이름도 없는 잡종이라는 것이었고, 우리 집은 아파트라는 데에 있었다. 이름도 없는 잡종인 바둑이는 한 달 만에 내 무릎에 오도록 커버린 것이었다.

어머니는 신경질이 늘어갔지만 바둑이는 아무 데나 똥을 쌌고, 영어로 된 혈통이 있는 다른 집 강아지들처럼 작은 목소리가 아니라 무식하게도 크게 짖어대곤 했다. 앞집에서 인터폰이 오고 수위실에서 연락이 왔다. 어머니가 진땀을 흘리며 그것에 대해 사과를 하고 있었다. 나는 어머니가 그래서 부끄러워하고 있다는 것을 알았지만 나의 사랑을 온통 차지하고 있는 바둑이를 어디론가 데려가겠다고 말할까 봐 짐짓 아무것도 모르는 체했다. 아무것도 모르는 체하기, 그래서 바둑이를 더 열심히 사랑해주기. 그건 어린 시절의 내가 알고 있는, 내가 사랑하는 것에 대한 내 유일한 보호 방법이기도 했다. 이웃의 눈총 때문에 우리는 바둑이를 데리고 산책을 가지도 못했다.

결단을 내린 건 어머니였다. 어느 날 학교에서 돌아와 보니 어머니는 바둑이를 파출부 아줌마에게 주어버리고 말았다고 했다. 어머니가 그동안 그 바둑이 때문에 얼마나 신경을 곤두세웠는지 아는 나는 갑자기 어른스럽게 그 사실을 인정해버렸다. 나는 울거나 떼쓰지 않고 알았다고만 대답했던 것이다.

하지만 나는 파출부 아줌마의 집이 어떻게 생겼는지 알고 있었다. 방 안에서도 얼음이 어는 추운 집이었다. 학교에 가서도 바둑이 생각뿐이었다. 어린 강아지가 얼마나 추울까 하는 생각에 수업 시간에 혼자 눈물을 펑펑 쏟으며 울기도 했다. 바둑이는 얼마나 추울까 생각하면 따뜻한 아파트에 사는 게 미안했다. 파출부 아줌마는 얼마나 추울까는 한 번도 생각해본 일이 없었는데 나는 파출부 아줌마는 안 불쌍하고 내가 키우다 보낸 그 바둑이만 불쌍했다. 바둑이는 흔히 길거리에서 볼 수 있는 똥개일 뿐이었지만 나는 그를 사랑해버린 것이었다. 사랑하는 데 혈통과 모양새가 뭐가 중요하단 말인가. 그건 내 손에서 꼬물거리던 강아지였고 내가 우유를 먹여서 기른 생명이라는 사실이 중요했던 것이다.

이제 커서 어른이 된 지금 아파트에서 태어나 아파트에 사는 아이들을 바라볼 때면 나는 그 시절의 나를 생각한다. 생명의 존귀함이라든가 하는 거창한 말들은 생각도 하지 않았지만, 나는 어린 시절의 강아지들을 통해 그걸 배웠던 것 같다. 이제 우리의 아이들은, 컴퓨터 앞에 앉아서 재미 삼아 화면 속의 사람들을 죽이고 때리는 아이들은 무엇을 배우게 될까 생각하니 걱정스러웠던 것이다.

하지만 또 생각해본다. 하찮은 강아지 한 마리를 걱정하던 마음은 내게서도 사라져버린 건 아닐까 하고 말이다. 혼자만 따뜻한 집에서 사는 걸 미안해하던 마음, 강아지를 위해 울던 그 마음을 이제 강아지보다 더 귀한 사람들에게는 일백분의 일도 쏟지 않는 건 아닐까 하는 생각이 들면 부끄러워지는 것이다.

나뭇잎이 진 자리

나는 나무를 참 좋아하는 편이다. 그중에서도 한여름, 하늘은 높고 맑은데 뭉게구름이 떠 있고 바람이 많이 부는 날, 햇빛에 반짝이며 팔랑거리는 나무 이파리들을 사랑한다. 언제부터인지 모르지만 힘들거나 괴로울 때 그런 이파리들을 보고 있으면 세상이 그래도 아름답고 살 만하다는 생각을 하곤 했다. 저 나무 이파리들이 팔랑거리는 것만큼 나도 움직이면서 반짝이면서 살고 싶다는 생각. 하지만 나무에게서 배울 것은 그것뿐만은 아닌 것 같다.

8월이 넘어서면서부터 바람이 달라진다. 습하고 무더운 바람이 건조하고 까슬까슬한 바람으로 바뀐다 싶으면 어느새 가을인 것이다. 사실 나는 개인적으로는 가을을 좋아하지 않는다. 그것은 겨울에 대한, 그러니까 추위에 대한 공포 때문이다.

추위를 몹시 타는 편인 나는 어렸을 때 엄마 심부름을 다녀오는 길에 옷도 없고 집도 없이 꼼짝없이 추위에 떠는 나무를 보면서 내가 나무가 아닌 게 얼마나 다행이라고 생각했는지 모른다.

하지만 추위에 대한 공포는 사실 체감하는 온도는 아닌 것 같다. 왜냐하면 겨울날 형제들하고 아랫목에 둘러앉아서 다리를 길게 뻗고 노래를 부르며 날고구마를 깎아 먹던 기억이나 김장김치를 퍼다가 길게 찢어 먹으며 끓여 먹던 라면, 그도 아니면 눈이 펑펑 쏟아지는 거리에서 연인과 손을 처음 잡던 날의 기억들은 춥지 않으니까 말이다. 그리고 보면 내가 추위에 대해 가지는 공포는 사실은 가난과 쓸쓸함에 대한 공포인지도 모르겠다. 돈은 떨어지는데 전화해볼 그리운 이름들이 하나도 떠오르지 않을 때, 불 꺼진 방 안에서 찬밥을 데워 먹어본 사람만이 아는 쓸쓸함.

누군가 사람은 병들어 죽는 게 아니고 외로움에 절어 죽어가는 거라고 말했지만 쓸쓸함이라는 것은 참으로 무서운 병이라는 생각을 요즘 들어 자꾸 하게 된다.

그러던 요즘 한 시골 농부가 쓴 수필을 읽게 되었다. 그분 역시 나에 비할 수도 없이 나무를 몸소 사랑하고 아끼시는 분인데, 그분은 이런 말씀을 하셨다.

"가을의 나무는 길 떠나는 성인처럼 모든 것을 떨구어버립니다. 험한 길 가는데 부차적인 것들을 버리는 거지요. 요즘 사람들은 버리려고 하지 않는 게 탈이 아닐까요."

뭐랄까, 문득 눈시울이 뜨거워지는 느낌이었다. 봄과 여름 내내 열심히 피워낸 것들을 버리는 것조차 성인의 길 떠남으로 비유하는 그 혜안은 결코 나이에서 오는 것만은 아닐 거라는 생각이 들었던 것이다. 그것은 많이 아프고 많이 생각하고 그러고 나서 관조의 눈을 얻어낸 한 인간의 담담한 느낌인지도 모르겠다.

버림으로써 고난을 견디고 나무는 봄의 환희를 맞는다. 또 피워내는 것이다. 겨울바람이 몰아쳐오든, 어린 꼬마가 올려다보며 난 네가 아니라서 참 다행이야, 라고 말하든 어쨌든 나무는 끊임없이 버림으로써 새 잎을 얻는 것이다.

가끔 나는 물건에 집착한다. 내가 쓰던 만년필이 없어지면 그것을 찾거나 새것을 찾을 때까지 글씨도 쓰지 않는다. 그리고 더욱 자주, 사람에게도 집착한다. 날 가슴 아프게 한 사람을 용서도 못 하고 사랑도 하지 못하면서 언제까지나 상처로만 품으려고 했다. 그러면서 겨울을 두려워하고 그것의 시작인 가을을 또 두려워하고 말이다.

그러므로 사실 가을은 진정으로 시작하는 계절이 아닌가 싶다. 내가 태어나 처음 눈을 들었을 때 이미 나무는 거기 있었으니, 그것을 떨구는 것, 그러니까 이미 주어져 있던 것을 버림으로써 나는 이제 온전히 나만의 것을 얻을 빈 자리를 만드는 것일 테니까. 그러므로 버림은 혹은 떠나보냄은 진정한 얻음이요, 만남의 시작이라고 믿어보게 되는 것이다. 그러므로 내년 봄 저 잎지는 자리에 새로 돋는 연한 이파리는 아마도 내가 세상에서 태어나 처음 보는 듯한 눈부심과 신선함을 내게 줄 것이다. 그러고 보니 이제 내게 가을은 아름다운 계절이다.

늙은 밤나무

환갑이 훨씬 넘으신 한 선배 작가 분은 이렇게 더운 여름은 난
생처음이라고 하셨댔다. 예순이 넘으신 분에게 그런 여름이었으
니, 1994년의 여름은 서른이 겨우 넘은 내게 너무나 괴로웠던 것
은 더 말할 나위도 없다. 오죽하면 나는 열대 지방에서 왜 문명
이 발달하지 못했는지를 이해했고, 그들이 왜 게으르게 낮잠을
자는지에 대해서 고개를 일백 번이라도 끄덕여줄 수 있는 심정이
었다.

그런데 어느 날 문득 바람의 방향이 바뀌고 먼 유리창 빛이 투
명해지면서 우리 집 베란다 너머로 하늘이 푸르게 열렸을 때, 내
가 맨 먼저 느낀 것은 뜻밖에도 울컥 치미는 배신감 같은 것이었
다. 뽀송뽀송한 두 팔을 자꾸 만져보고 언제나 땀으로 끈적거렸

던 이마도 만져보고 했던 것은 그 때문이었다. 이렇게 서늘해질 걸 그렇게 뜨거웠던가 하는 원망 같은 것도 있었다.

하지만 이제 지난여름을 이야기하는 사람은 없다. 모두들 그저 내내 가을이었던 것처럼 살아간다. 나 또한 저녁 먹고 집 앞으로 산책을 나가면서 신선한 바람을 즐긴다. 가을이 오니까 참 좋구나 하면서.

그런데 가을이 오면서 내게 새로이 느껴졌던 것은 비단 피부로 느껴지는 감각뿐만은 아니었다. 새삼스레 새로운 소리들이 들려오기 시작했다.

나뭇잎이 사각거리는 소리, 포도알처럼 빽빽이 달린 대추가 대추나무 가지에서 흔들리는 소리……. 그건 무덥고 습하고 뜨겁기만 하던 여름 속에서는 미처 생각도 못했던 것이었다. 바람이 몹시 불던 날 오후 집 앞에서 부대끼는 무성한 나무 이파리들의 소리를 들으면서 나는 새삼 그걸 깨달았다. 지난여름은 소리로 느끼기에는 너무 잔인했다. 하지만 이 가을밤 나는 문득 귀를 기울이고 푸른 하늘이 어두워지면서 군청색으로 변하는 그 순간들의 소리조차 들을 것만 같다. 그만큼 내 마음이 고요해졌다는 이야기일까.

밤 작업을 많이 하다 보니까 내게 가장 친근했던 것은 뒤뜰의 늙은 밤나무가 어린 밤톨들을 떨어뜨리는 소리다. 처음에는 무슨 소린가 해서 긴장감에 귀를 기울여보기도 하고, 누군가 장난을 치는가 하고 의심도 해보았다. 그런데 아침에 뒤뜰에 나가보니 풋밤들이 마당 가득 떨어져 있었다. 날카로운 시멘트 바닥에 부딪히면서 그것들은 밤새 후두둑거렸던 것이다. 그 소리가 들리기 전에 뒤뜰의 밤나무는 사실 내게 아무런 감흥도 아니었다. 그러니 깨어지면서야 우리는 비로소 소리를 내고 저 자신의 존재를 타인에게 알리는 것은 아닐까. 그리하여 그 깨어짐과 그 소리로 인하여 나는 이제 밤나무를 다르게 느낀다. 그와 나는 비로소 특별하게 관계 맺어지는 것이다. 내가 잠 못 이루는 동안 저 밤나무도 그랬던 것이다.

그러면 나는 책을 펴 들고 있다가 문득 생각하는 것이다.

아아, 어쩌면 이제 모두 버릴 시간은 아닐까. 어쭙잖게 얻은 것들, 다 내 뜻은 아니었지만, 얼결에 얻은 것들, 다 으깨어지더라도 한 번쯤 살아온 모든 시간들을 다 내던지고 새로이 시작해보아야 하는 것은 아닐까 하고.

그런 날이면 침대맡에서 등불처럼 빛이 나는 스탠드를 잠시 끄고서 나는 오래 잠들지 못한다. 가을이기 때문이라고 말하기에는 너무 무책임하지만, 실은 가을이기 때문이다. 영원히 반복될 가을이기 때문에 나는 잠시 내 삶의 지나감을, 지나가고 다시 오지 않음을 생각하는 것이다. 욕심 많은 내 생, 그, 지나가고 있는 내 생의 한밤중을.

지난번 괴산 매산지 물가에서 하늘을 보았다. 별들은 작고 먼 등불처럼 하늘에 매달려 있었다. 은하수가 흐르던 그 군청색의 밤하늘.

반딧불이들이 가끔 별빛처럼 날아들고 무더기 무더기 들국화
가 서리를 맞고 있던 그 호숫가에서 나는 무심하고 담담하며 당
당하게 살아가자고 다짐했지만 서울로 돌아오고 난 후 곧 그 다
짐을 잊고 말았다. 하지만 다시 가을이고 이제 나는 그때의 다짐
을 다시 떠올려본다.

만일 가을이 이 혹독한 여름이 지나간 자리에 찾아오지 않았
다면, 예를 들어 그저 시원한 어떤 계절 다음에 찾아오는 것이었
다면 나는 그 다짐을 떠올리지 못했으리라. 그러고 보면 지난여
름의 그 살인적인 폭염은 가을을 내 생애 처음의 것처럼 느끼게
하면서 이 세상에서 내게 다가오는 고통의 의미를 다시 한 번 생
각하게 해준 것이다.

기다림을 위하여

한때 전화를 기다리며 산 일이 있었다. 대학을 졸업하고 아주 중요한 몇 순간을 제외하고 부모님의 도움을 받지 않고 살았던 나였고, 부모님도 그것을 당연히 여기셨으므로 나는 그때 팔리지도 않는 책을 가진 가난한 소설가였다. 가난한 글쟁이 주제에 당시로서는 신품이었던 자동 녹음 장치가 달린 전화기를 구입한 것도 아마 그 때문이었을 것이다. 사람의 목소리가 그리워서…….

그때 외출에서 돌아오면 신발을 벗고 들어가 핸드백을 어깨에서 내려놓기도 전에 나는 자동 녹음 장치부터 확인하곤 했다. 내가 가진 전화기는 전화가 걸려온 횟수를 숫자로 표시해주는 것이었는데, 그 숫자가 많이 표시되어 있으면 가슴부터 뛰었다. 물론 재생 장치를 틀어보면 그냥 전화를 끊어버린 사람들이 대부분이었고, 기껏 녹음되어 있는 것은 나의 안부를 묻는 엄마의 전화이거나 비디오 가게에서 빨리 비디오를 가져다달라는, 때로는 염치없이 뛰는 내 가슴속에서 그냥 와르르 소리가 울리도록 하는 그런 내용들이 대부분이었지만, 그래도 날마다 뛰는 가슴을 누르며 수화기로 손을 뻗는 그 몇 초 사이, 나는 신통하게도 한 번도 어김없이 부질없는 희망 때문에 떨고 있었던 것이다.

그때 나는 무엇을 기다리고 있었을까. 연애를 하고 있었던 것도 아니었고, 갑자기 세상을 떠나는 먼 친척 아주머니의 유산 상속을 기다리는 것도 물론 아니었다. 그저 전화는 닫혀진 내 집과 이 세상을 연결하는 유일한 통로였다. 나는 그 길을 따라 세상으로 달려 나가고 싶었다. 나가서 웃고 떠들고 뭐랄까, 살고 싶어지는 이야기를 하고 싶었는지도 모르겠다. 하지만 전화벨은 때로는 한 번도 울리지 않았고, 그래서 나는 그냥 방구석에 처박혀 있었다.

그 시절을 생각하면 지금도 엉성한 공간에 가득 찬 서늘한 어둠이 생각나고 종일 켜져 있던 FM 라디오와 가을 하늘빛 양초가 떠오른다. 아마도 양초는 거리를 지나다가 가톨릭 성물을 파는 데 들어가 산 것이었을 텐데, 한 번인가 두 번인가 혼자 포도주를 마시며 켜본 것이 그것을 밝힌 유일한 시간이었지만, 그 시절을 떠올릴 때마다 어둠과 라디오와 함께 어김없이 기억되는 걸 보면 그것이 내게는 퍽도 자기 연민을 자아냈나 보다.

그때 내가 세 들어 살고 있던 혜화동 집은 허술한 집의 모양새와는 다르게 통유리창만 컸다. 서른 해 동안 내게 남은 전 재산인 1천만 원을 들고 헤매다가 1천만 원에 10만 원을 매달 더 물기로 하고 그 집을 얻은 까닭은 그저 그 통유리창 때문이었다. 그 집이 그때까지 입주자를 찾지 못한 채 남아 있던 것도 살림집치고는 쓸데없이 유리창만 컸던 것이 그 원인이라고 하니 나와는 더할 나위 없이 궁합이 맞는 그런 집이었다.

그러고 보니 그때 그 집에 세상으로 통하는 통로가 또 하나 있었다. 바로 그 커다란 유리창이었다. 그 유리창은 혜화동 로터리를 지나는 고가도로가 끝나는 곳에 있었다. 블라인드를 맞추어 달 돈도 커튼을 매달 성의도 없어서 나는 그냥 그 유리창을 벌거숭이로 해두고 살았더랬다. 창문으로 보이는 자동차의 불빛들도 뜨악해지고 나면 혜화동 유치원 옆길로 가톨릭 신학대학으로 오르는 길이 보였다. 원래 어둠이 내리면 가로등빛 아래서 길들만 하얗게 드러나는 법이니까 말이다.

한때 혼자서 짝사랑하던 신학교의 학생을 면회하기 위해 나는 무던히도 그 길을 오르내렸다. 어둠 속에서 혼자 담배를 피워 물고 창가에 앉으면 내게 허락되지 않던 마음 때문에 마음이 아파서 어두운 얼굴로 그 길을 내려오던 소녀 적 내 모습이 보이기도 했다. 그 길가의 벚나무들, 귓가에 스치던 바람 소리와 한 번도 친절하지 않았던 그 대학의 수위, 숨이 제법 찰 만큼 언덕을 오르면 둥글고 넓은 운동장이 나오고 그 텅 빈 운동장을 가로질러 걸어가면서 언제나 추웠던 그 기숙사의 면회실에서 나는 그를 면회하곤 했다.

딱딱한 얼굴로 면회실 문을 열고 나타난 그는, 무거운 책가방을 의자 아래 내려놓고 추워서 파래진 입술을 지그시 누르며 자신을 기다리고 있는 나를 지극히 무표정한 얼굴로 바라보면서 언제나 신에 대한 이야기를 했다. 사실 나는 신이 아니라 바로 당신을 사랑하고 있어요, 라고 이야기하고 싶었지만 나는 언제나 네, 네 하고 대답했다. 그리고 그는 성경 몇 구절을 인용하면서 그걸 마지막 인사로 삼았다. 그는 신에게 사로잡혀 있던 사람이었다. 내가 그에게 사로잡혀 있듯이 말이다. 하지만 신이라니, 그 놈의 신 때문에 열일곱 살 내 사랑은 가엾었지만, 내가 사랑하는 그가 사랑하는 신이었으므로 미워할 수도 없었다.

그런 그때의 내 모습이, 풀이 한껏 죽은 채로 무거운 책가방을 든 채로 그 언덕길을 내려오던 내 모습이, 그렇게 혼자 통유리창으로 반사되는 어둠의 이편에 앉아 있는 나를 물끄러미 바라보기도 했던 것이다. 나는 그 열일곱 살의 고통이 이 세상에서 제일 큰 줄 알았어, 미래의 네가, 세상에서 쫓겨난 자의 얼굴을 하고 세상을 향해 있는 그 유리창가에서 고작 추억 속의 나를 바라보고 있을 줄은 몰랐어, 하는 눈빛으로.

사실 짝사랑이 없었다면 나는 아마도 글을 쓰게 되지는 않았을지도 모른다. 짝사랑을 하고 있는 사람에게 짝사랑을 당하는 사람의 사소한 몸짓은 암호였으므로 그것을 풀기 위해 극도로 예민해야 했다. 그의 눈빛, 피곤한 듯 접혀지는 그의 미간의 잔주름들, 그의 오른발이 왼쪽 무릎으로 올려져 포개질 때와 왼발이 오른쪽 무릎으로 포개질 때의 그의 심정의 차이를 기어이 읽어야만 했던 것이다. 본의 아니게 예민해진 그 감각으로 나는 글을 썼고, 그리고 지금, 소설가라고 사람들은 나를 부른다.

요즘의 나는 전화기를 뽑아놓고 산다. 누군가 갑자기 지금 제일 바라는 게 뭐예요 하고 묻는다면, 내가 폼이라도 재면서 그럴듯한 대답을 할 기회도 주지 않고 그냥 묻는다면 나는 아마도 대답하게 될 것이다. 한 주일만이라도 멍청하게, 심심해서 미칠 듯하다고 혼자 중얼거리며 살아보는 거요, 하고.

근 두 달째 나는 수유리 밖으로 나가지 않았다. 아침에 일어나 우유병과 기저귀를 챙겨서 보행기와 함께 아이를 아주머니의 집에 데려다놓고 나는 돌아와 멍하니 앉아 있다. 멍하니 앉아 있지만 머릿속은 아귀가 맞지 않는 톱니바퀴처럼 이상한 소리를 내며 돌아간다. 하루 종일 스무 통이 넘게 걸려오는 전화벨 소리들, 나를 애타게 찾는 초조한 편집자들의 목소리와 원망 섞인 친구들의 목소리, 그리고 분노가 섞인 출판사 사람들의 목소리들. 나는 귀를 막을 수 없고 그저 그것을 듣는다. 전화벨이 울려서 수화기로 손을 뻗던 그 몇 초 사이에 나를 사로잡았던 떨림 같은 것은 이제 나에게 존재하지 않는다. 대신 언제나 가슴이 콩콩 하고 조금씩 더 낮고 둔중하게 가라앉을 뿐.

소설가가 되고 싶다고 생각한 것이 언제부터였는지 정확한 기억은 없지만 소설가가 되고 싶다고 생각한 날부터 나는 글을 쓰고 취재를 다니고 그저 책이 나오면 출판사 사람들하고 술이나 한잔하는 그런 것이 소설가인 줄 알았다. 글이 쓰이지 않아서 고민하는 것이 내 인생 최대의 고민이 되는 줄 알았던 것이다. 하지만 이름이 조금 알려지고 나서부터 그런 고민들은 나에게 그저 부차적일 뿐이었고, 잡지사와 방송국, 대학의 강연들, 꼭 만날 일이 있다는 끈질긴 독자들의 전화를 거절하는 것이 내 가장 큰 일과가 되어버렸다. 나는 소설가가 되는 것이 이런 일일 줄은 한 번도 생각해본 일이 없었다.

게다가 거절하는 일에 언제나 서투른 나는, 이제 인터뷰 같은 것은 그만하라는 주변의 애정 어린 충고를 아프게 받아들여야 했다. 하지만 젊은 기자들이 내가 거절할 시간을 주기도 전에 애처로운 목소리로 인터뷰를 부탁할 때는 갑자기 내가 뭔가, 대체 내가 뭐 그리 잘나서 이 사람들에게 이렇게 비굴한 소리를 하게 하나, 그래서 선배들이 말한 대로 나를 멋있게, 소설가답게 지켜야 한다고 생각하게 하나, 하는 생각이 머리를 어지럽혔고, 그 젊은 기자들보다 사실은 내가 먼저 울고 싶었다.

사람들을 좋아하는 내가 모임에 나타나서 내가 아무개인데요 하고 나 자신을 소개하는 일조차 오만하게 보이는 지금, 그러면 뭐라고 해요, 나에 대해서 이름도 성도 묻지 말라고 할까요, 라고 나도 항변하고 싶었지만 그럴 수도 없었다. 그것조차 또 다른 오만의 일환일 테니까. 설사 배짱 좋게 그렇게 말한다 해도 그 뒤에 들려오는 내가 사랑했던 사람들의 아픈 충고를 나는 더 이상 아프게 받아들일 여유조차 없어져갔다. 전화는 나를 세상으로부터 단절시키고 내가 가졌던 사람들에 대한 사랑을 모두 서글픔으로 바꾸어버린 흉기로 변해버린 것이다.

아니, 하지만 아직 변하지 않은 것이 하나 있다. 그것은 유리창이다. 다행히도 우리 집의 유리창들은 모두 풍경으로 가득 차 있다. 아침에 일어나면 인수봉의 흰 이마가 햇살에 빛나고 저녁이면 도봉산의 오봉이 어두워진 수유리 일대에서 혼자 붉은빛을 띤다. 인수초등학교의 아침 조회, 짹짹이듯 떠드는 아이들의 목소리, 인수중학교의 운동회, 그 나부끼는 만국기와 아이들의 함성들. 연립주택 옥상에 걸려 있는 태극기와 새마을기, 그리고 하늘에 뜬 엷은 구름. 하늘이 엷어지고 먼 산빛이 변해가면서 계절은 가고 또 온다.

혼자 제주도에 간 일이 있었다. 왜 제주도였는지는 생각나지 않지만 배웅을 해주던 친구가 왜냐고 물었을 때 공항에서 그냥, 거긴 따뜻하잖아라고 말해버렸다. 정말 그 봄, 제주도는 따뜻하고 화사했다. 제주 공항에서 택시를 타고 중문까지 가는 길에 유리창을 통해 쏟아지던 햇살들은 내게로 와서 마치 덕지덕지 덮인 상처들 사이로 소독약을 쏟아붓는 것 같았다.

나는 따가운 환희를 느꼈고 내가 회복되리라는 확신을 가졌던 것 같다.

지금 내 창으로 보이는 먼 북한산 골짜기 사이사이에는 아직 흰 눈의 자취가 남아 있다. 가까이 다가가 살펴본다면 작은 폭포 일지도 모르지만 지난가을 산 위로부터 붉은빛이 성큼 내려서며 갑자기 겨울이 몰려왔듯이 어느 날 그 눈 덮인 골짜기에 흰 눈의 자취가 사라지고 불현듯 연둣빛이 느껴지면 봄은 올 것이다. 그러면 나는 서운했던 친구들에게 전화를 걸어 밝은 봄 인사를 건넬 수 있을지도 모르겠다. 왜 겨울은 마치 난데없이 뺨을 때리듯이 그렇게 성큼 와버리는데 봄은 왜 그 겨울의 가장 밑장에서부터 살금살금, 마치 간지럼을 태우듯 더디게 오는 걸까, 하고 어린아이 같은 질문을 던질지도 모른다.

그도 아니면 잠시 혼자 유리창 가에 앉아 뜨거운 차를 마시고 서가의 책들을 정돈하며 어쩌면 오랜만에 일기를 쓸지도 모르겠다. 저 창밖에 햇살이 쏟아진다. 나는 회복될 수 있을 거야 하고.

그런 시간들이 있어서, 그런 기다림이 있어서 사람들은 상처투성이 고달픈 삶의 또 한 고비를 넘어갈 힘을 얻는 것이 아닌지……

자연 속에서는 늙어가는 것도 자연스럽다

　나는 초등학교 2학년 때부터 아파트라는 곳에서 살았다. 그 당시 서울 시내에는 아파트 단지라는 것이 거의 없던 때였는데도 서울 토박이인 어머니와 아버지는 아무 거리낌 없이 아파트라는 생활 수단을 선택하셨던 것이다.

　내가 아파트를 떠난 것은 최근의 일이었는데, 작지만 혼자 방을 얻을 수 있는 돈과 자유가 허락되자 나는 미련 없이 아파트 아닌 곳을 선택해서 지금까지 살고 있다. 그러면서 다시 한 번 드는 생각은 사람이 정말 사람답게 사는 방법이 있다면 그건 흙과 더불어 살아야 하는 것이 아닐까 하는 것이다.

　그러한 생각은 얼마 전 이곳 수유리 국립공원 산기슭으로 거처를 옮기면서 더욱 분명해졌는데, 가끔 평일 낮에 혼자서 산을 오르다 보면 할머니들이 혹은 할아버지들이 천천히 산을 오르는 모습을 심심찮게 보게 되었다. 이상한 일이었다. 나는 이곳의 할머니들이, 혹은 할아버지들이 파고다 공원이나 시내의 길거리에서 마주치는 노인들과는 무언가 다르다고 생각했는데 무엇이 다른지, 그 정체를 그 당시로서는 딱히 꼬집어낼 수 없었다.

어쨌든 세 들어 사는 연립주택에는 주인의 배려로 인해 뒤뜰에 조그만 텃밭까지 얻게 되어 나는 서울 토박이치고는 기이하게도 흙을 일구어내는 기쁨도 알게 되었다. 봄이 되자 나는 뒤뜰을 혼자서 개척해보았다. 처음엔 꽃삽을 사서 꽃씨라도 조금 뿌려볼 요량이었는데, 이 텃밭이라는 게 말만 밭이지 사실은 집을 짓고 난 쓰레기를 저장해둔 쓰레기터나 다름없었다. 비닐봉지, 벽돌 더미는 그래도 예사였는데 나중에는 쓸모없는 콘크리트 더미까지 나오는 것이었다.

꽃삽으로는 힘에 부쳐서 철물점에 가서 삽을 사다가 콘크리트 더미를 걷어내고 퇴비를 사다가 흙심을 돋웠다. 그러면서 나는 내 생애 처음으로 진기한 기쁨을 맛보게 되었는데, 그것은 흙에서 어떤 향기가 뿜어져 나온다는 것이었다. 나는 아무런 갈등 없이 그 향내를 들이켰다. 나는 시골에서 살아본 일도 없으니 그건 향수랄 수도 없었을 거고, 그러면 무엇이었을까. 땀을 흘리던 나를 감동시키던 그 향기는.

나는 호박과 표주박 그리고 열무씨와 과꽃을 내 마음대로 배치해보았다. 날마다 물을 주고 녹차를 마신 찌꺼기를 모았다가 그 물과 함께 텃밭에 뿌렸다. 싹이 나오기까지 그 초조한 기다림이라니. 어느 날 푸릇한 작은 점이 흙속에서 보였다. 나는 잠까지 설쳐가며 그 싹들을 기다렸다. 내 기다림이 헛되지 않았는지 싹이 트는 거였다. 그 싹들은 생명에 충만한 머리를 들고 지상으로 몸을 내미는 게 아닌가.

수유리로 이사 온 후, 나는 이 세상과 사람들에 대해 조금은 다른 생각을 하게 되었다. 한번은 꽃망울이 터지던 어느 봄날 오후, 시장엘 가는 길에 나를 앞서 가던 어떤 노인의 뒷모습을 보게 되었다. 아마도 풍이라도 맞은 듯, 그 노인은 거동이 몹시 불편해 보였다. 그는 한 손에 지팡이를, 그리고 한 손엔 작은 약수통을 들고 있었다. 그런데 그 노인은 나를 열 걸음쯤 앞서 걸어가다가 걸음을 멈추어 섰다. 우리 동네 어느 집 담장에서 골목으로 삐져나온 수양 벚나무의 늘어진 가지마다 피어난 벚꽃을 바라보는 모양이었다.

이상한 경외심에 사로잡혀 그 노인 뒤에서 몰래 나도 발걸음을 멈추었다. 그 노인은 그 터져 나오는 꽃망울을 오래도록 바라보다가 다시 천천히 발걸음을 옮겼다. 나는 물론 그다음에는 그 노인보다 더 빠른 발걸음으로 그를 스쳐 지나갔지만 내 가슴은 이상하게 설레고 있었다. 나는 그 노인이 터져 나오는 그 꽃망울들을 보면서 무슨 생각을 했는지 붙잡고 물어보지 않아도 알 것만 같았다.

그건 아마도 생명에 대한 경이었을 것이다. 산다는 것은, 꽃이 가지를 뚫고 터져 나온다는 것은 겨울을 견디고 봄마다 다시 시작한다는 것은 좋은 것이라는 생각. 마치 기독교의 창조주가 이 세상을 창조하고는 바라보기에 좋았다는 것과 같았을 그 생각. 나는 북한산 기슭에서 만난 할머니들에게서 내가 받은 느낌이 어떤 것이라는 걸 그제야 알아차렸다. 노인들은 자연과 더불어 있을 때면 아름답기조차 하다는 것이었다. 만일 내가 그들을 아파트 단지의 인조로 덕지덕지 꾸며진 공원에서 만났다면 나는 결코 그들을 아름답다고 생각하진 못했을 것이었다. 그러나 자연 속에서는 '늙어가는 것조차 자연스러운' 것이다. 나는 수유리가, 아직 동네 개들이 어슬렁어슬렁 짝을 찾아 돌아다니고, 소나무가 골목에 서서 한때는 이곳이 그저 바람이 스쳐 지나가는 산이었음을 말해주는 이 수유리가 좋다는 생각을 했다. 그건 내 아파트 생활 20여 년 동안 내가 한 번도 느껴보지 못한 언어였다.

자기가 아궁이인 줄 모르는 아궁이

　일전에 한 선배가 노후를 보내기 위해 장만한 시골집을 방문
한 일이 있었다. 새로 사들인 시골집을 수리하느라 까맣게 탄 선
배와 반갑게 해후하면서 우리들은 무엇을 할 수 있을까를 둘러
보고 있었다. 거기서 비가 쏟아지기 시작했다. 우리들은 마당에
널브러져 있는 일거리들을 두고 부엌으로 피신하는 수밖에 없었
다. 그때 우리들은 불을 땔 수 있는 아궁이를 발견했다. 곁에 있
는 시골집들이 기름보일러로 난방 형태를 바꾸고 있었지만 선배
는 불을 때는 일이 좋아서 그저 재래식 아궁이를 고집하고 있는
중이라고 했다.

　여름이었지만 산골이었고 한기는 금세 우리를 떨게 만들었다.
그러므로 우리가 부엌 바닥에 널빤지를 하나씩 가져다놓고 불을

때기 시작한 것은 그리 이상한 일도 아니었다.

그 재래식 집에는 아궁이가 둘 있었다. S와 나는 자연스레 아궁이를 하나씩 맡았다. 그런데 운이 나쁘게도 내가 맡은 그 아궁이에는 불이 들지 않는다고 선배가 걱정스레 말하는 것이었다. 하지만 이미 기세 좋게 타오르는 불 앞에 앉아 있는 친구 S가 부러워서 나는 불을 때겠다는 결심을 굳히게 되었다. 불을 때는 일은 나로서는 생전 처음 해보는 일이었다. 나는 도회에서 자란 사람이었고, 이런 아궁이를 구경할 수 있었던 것은 대학 시절의 수련회 때뿐이었지만 그나마 이런 일은 언제나 남자 선배들의 몫이었기 때문이다.

그런데 정말로 이 아궁이에는 불이 들지 않았다. 연기가 거꾸로 역류해서 부엌을 온통 매운 연기로 가득 차게 하는 것은 물론이고, 옆 아궁이에서 불을 붙여다 이 아궁이 앞에만 가져다놓으면 꺼지는 것이었다. 아무리 불이 들지 않는 아궁이인 줄 알고 있었지만 해도 너무하는구나 하는 생각이 들었다. 불이 안 붙는 것은 또 몰라도 아궁이 주제에 가져간 불을 꺼뜨릴 필요까지는 없잖아 하는 생각이 들었던 것이다.

연기 앞에서 거의 초주검이 된 나를 보고 선배는 웃고 있었다.

"그만 포기해라. 그 아궁이는 지가 아궁이인 줄 잊어버렸어. 너무 오래 불을 때지 않았거든. 동네 아주머니들도 포기한 아궁이라니깐."

초짜인 주제에 무슨 오기였을까. 나는 혼자서 이 아궁이가 아궁이인 줄을 알게 해주고 말겠노라 결심했다. 그리고 연기를 뒤집어쓴 채로 눈물 콧물 흘리며 꺼져가는 그 아궁이에 불을 하염없이 들이밀어댔다.

"그래, 따뜻하게 대해줘라. 따뜻하게 데워주면 아마 불이 붙을 수도 있겠지."

괜스레 비장한 표정으로 열중하고 있는 내가 안됐던지 선배가 다시 거들었다. 그리고 선배의 말대로 꺼질 줄 알면서 불붙은 장작을 S에게 빌려 들이대기를 한 세 시간쯤, 드디어 불이 붙었고, 나중에는 S의 아궁이에서보다 더한 기세로 불꽃이 타오르기 시작했다. 아궁이는 드디어 아궁이 노릇을 하게 된 것이었다.

방이 뜨거우니 불을 그만 때라는 선배의 말을 들은 체 만 체 S와 나는 그 불꽃놀이를 즐기고 있었다. 밖은 이미 어둑해지고 있었다. 그 어둠 속에서 불꽃들이 내는 불빛에 의지한 채로 앉아 있노라니까, 자신이 아궁이인 줄 모르는 아궁이라는 말이 침묵 속에서 내게 남았다.

언젠가 나와 친한 선배가, 내가 유명해지고 나서 나와 친해진 것을 후회했다는 말을 한 적이 있었다. 불편하다는 것이었다. 나는 그 선배의 말을 그때는 도무지 이해할 수가 없었다. 유명해지든 말든 나는 난데 그게 대체 나와 무슨 상관이야 하는 생각에서였다. 소설가 공지영이라는 이름으로 소개를 받아간 자리에서 말다툼을 벌인 일도 있었다. 객관적으로 살펴보자면 그쪽에서 충분히 내게 무례했던 것이 사실이었지만, 나중에 그곳을 빠져나왔을 때 한 사람이 내게 비난하듯 말했다. 지켜보고 있는 눈이 있어. 그걸 의식해서 대충 마무리를 지어야지.

나는 그것이 도통 억울하게만 느껴졌다. 물론 지금 그런 상황이 닥친대도 그 사람을 쉽게 용서할 것 같지는 않지만, 아마도 나는 다른 자세로 그에게 대응할 것 같다는 생각을 하는 것을 보면 내가 변하긴 변했나 하는 생각도 든다.

학창 시절, 나는 늘 무슨 간부인가를 맡고 있었다. 겉으로는 그런 곳에 뽑힐 만큼 모범생이었지만 내 속마음으로 나는 언제나 학교를 우습게 알고 있었다. 지각과 조퇴 그리고 결석이 이어졌고, 숙제를 해가지고 가지 않은 날도 많았다. 모두를 같이 혼내다가 선생님은 내 얼굴을 물끄러미 바라보시며 말씀하시기도 했다.

"네가 이러는 건 좀 너무하지 않니?"

나는 고개를 들어 선생님을 바라보았다. 아마도 왜요, 하고 당돌하게 묻고 싶었던 표정이었으리라. 한번은 아침에 늦게 일어나는 바람에 4교시가 끝날 즈음에 학교에 도착한 일이 있었다. 갓 부임한 여자 선생님이 열심히 영어를 가르치시다가 늦게서야 드르륵 문을 밀고 들어서는 나를 보고 말했다.

"공부하다가 밤을 새우느라 늦은 모양이구나."

아이들의 눈초리가 모두 나를 향해 쏠렸다.

"아니요, 그냥 학교 오기 싫어서 늦었어요."

그때 선생님의 무안해하던 얼굴. 킥킥거리던 아이들의 웃음소리. 사실 지금 돌이켜봐도 그건 솔직한 대답이었지만, 솔직해진다는 것이 언제나 옳다는 의미가 아니라는 것을 이제 겨우 깨달은 나는 서른네 살짜리 늦깎이였다.

조금 유명해진 작가라는 것, 간부를 맡고 있는 학생이라는 것을 내가 너무 의식했다면 아마도 나는 몹시 우스운 사람이 되어 있었으리라. 그러나 그것을 그런 식으로 전적으로 무시한 것도 역시 우스운 일이라는 것을 그 아궁이 가에서 나는 깨달은 것이었다.

삶에 대한 나의 태도를 돌이켜보건대 그런 일은 그렇게 좋은 일에만 적용된 것은 물론 아니었다. 나의 잘못으로 인해 초래된 불행에 대해서도 나는 같은 태도를 취하면서 살았다. 무시하려 애쓰면서 살았던 것이다. 발랄하게만 보이던 가면을 쓴 내 마음 깊은 곳에서 무서운 우울이 자랄 수 있었던 것은 그러므로 우연이 아니었다. 나는 마음속 깊은 곳에서 아무도 모르게 신열을 끓이며 앓고 있었다.

그러다 보니 나의 동기 K가 생각났다. 학창 시절 재능과 재기가 넘쳐나던 그녀는 결혼을 하자 자신의 일을 포기한 사람이었다. 그녀를 빼고 나머지 우리들은 거의 자신의 일을 하고 있었던 터였는데, 모임이 있을 때면 K는 집에서 안주하며 자신의 꿈을 잃고 있는 여성들에 대해 우리와 함께 걱정하고, 그럴 수밖에 없는 이 사회 현실에 대해 우리보다 더 분개하곤 했다. 어리석은 나는 K가 그런 말을 누구보다 더 신랄하게, 때로는 전업주부로서 전적으로 살아가지도 못하고 그저 꿈만 잃은 채 살고 있는 여성들에 대해 누구보다도 경멸스레 이야기하는 것을 그저 이상스레 생각하고 있을 뿐이었다. 내가 보기에 그것은 바로 K 자신의 이야기였기 때문이다.

그러던 어느 날, 그 모임에서 작은 말다툼이 일어나게 되었다. 그녀와 다투던 다른 동기 하나가 이런 말을 했던 것이다.

"넌 우리들하고 어울릴 사람이 아니야. 넌 유한마담들하고 어울려야 해. 네 남편 돈 많아서 넌 우리들처럼 힘들게 일하지 않아도 되잖아. 그러니 그게 네 현실이라구."

내 가슴이 철렁 내려앉았지만 아마도 K의 가슴보다 더하지는 않았으리라. 얼굴이 핼쑥해지고 나서 나는 다시는 그녀의 얼굴을 볼 수 없었으니까 말이다.

내가 어디 서 있는지, 나는 누구인지를 정확히 아는 것이 올바른 삶을 사는 기초가 된다고 내가 존경하는 정신 분석의는 말하곤 했다. 현실을 정확히 인식하는 데는 언제나 고통이 따른다고, 하지만 그 현실을 정확히 바라보면 바라볼수록 우리는 더 나은 삶을 살 수 있다고. 나는 그 의미를 그제야 조금씩 감지하게 된 것이었다. 산다는 것은, 그것도 잘 산다는 것은, 전적인 사로잡힘과 전적인 무시가 아닌, 그 사이의 적당한, 차마 말로는 이렇게밖에 표현할 수 없는 아슬아슬한 선택의 연속이라는 것을 나는 그제야 어렴풋이 깨닫기 시작했다는 말이다.

언젠가 어느 책에서 안다는 것과 깨닫는 것과의 차이를 명확하게 설명한 것을 읽은 적이 있었다. "안다는 것과 깨달음의 차이는 그것이 아픔을 동반하느냐 안 하느냐의 차이이다. 만일 당신이 어떤 사실을 아는 데 있어서 아픔을 느낀다면 그건 당신이 깨달은 것이다" 하고.

이 구절을 읽으면서 나는 아픔을 느꼈던 것 같다. 언제나 누군가의 충고에 "알아" 하고 짧게 대답하던 나였으니까 말이다.

생물이 아니면서 움직이는 것들. 그것이 우리들을 깨달음의 길로 자주 인도한다고 S는 말하곤 했다. 흐르는 강물이 그렇고, 파도치는 바다가 그렇고, 하늘의 구름 혹은 바람 들. 이제 생물이 아니면서 생물보다 빠르게 움직이는 이 불길 앞에서, 이제 막 잠에서 깨어나 자기가 아궁이인 줄 깨달은 아궁이 앞에서 우리들은 두런두런 이야기를 나누었다. 자기가 가장 자기다울 때 인간은 가장 아름다울 수 있다고 말이다. 호랑이가 고양이처럼 야옹거린다면, 진돗개가 치와와처럼 응석을 부린다면, 망아지가 강아지처럼 주인에게 달려든다면……

우리들은 잠시 침묵했다. 우리도 우리가 누구인 줄 도무지 깨닫지 못하고, 그래서 결과적으로는 우리 자신들에게 가장 불행한 결과를 가져왔다는 것을 안 까닭이었다. 우리는 그즈음 그런 우리의 지난날들에 대한 회한으로 둘 다 침울해 있었다. 그 고통은 과거의 것일 뿐만 아니라 그 순간에 불을 때고 있는 현재에까지 이어진 것이기 때문이었다.

"우리가 괜찮지 않다는 것, 우리가 그 모든 것을 갖고 있지 않다는 것, 우리가 완전하지 않다는 것, 우리가 결백하지 않다는 것을 깨닫게 되었을 때, 우리에게는 이 깨어짐의 순간이 필요하다. 죄의식의 순간, 회개의 순간, 자존심이 상하는 순간, 스스로에게 만족감을 줄 수 없는 순간이 우리의 성장을 위해 꼭 필요하다.

하지만 그런 순간에도 우리는 우리 자신을 존중하고 사랑해야 한다. 우리가 자신을 사랑하면서도 우리 자신이 완벽하지 않다는 것을 깨닫는 일은 가능하다. 진실로 우리 자신을 사랑한다는 일은 우리 자신에 대해 우리가 무언가 해야 할 일이 있음을 깨닫는 것을 포함한다."

나는 언젠가 읽은 책의 한 구절을 떠올리며 S에게 이 말을 했다. 이것을 깨닫기 위해 나는 처절하게 불을 땐 것은 아니었을까 웃으면서. 하지만 웃음보다 오래 우리는 그 아궁이 앞에서 침묵할 수밖에 없었다. 그건 아마 우리들의 가슴속으로 이미 아픔이 지나가고 있었기 때문이리라.

내게 온 부처

　나는 내가 공자의 자손이라는 게 몹시 싫었다. 아버지도 그러하셨지만 할아버지께서는 어린 나를 야단치실 때마다 그야말로 공자 왈, 맹자 왈 하셨던 것이다. 예를 들어 밥상에서 말을 많이 하지 말라든가, 여자는 말처럼 뛰어놀면 안 된다든가 하는 꾸중을 들을 때마다 어김없이 공자의 78대손이라는 말이 튀어나왔으니 내가 공자라는, 세계가 인정하는 성인을 감히 싫어했던 것은 그리 어려운 일이 아니었다. 더구나 자라면서 여자라는 이유로 여러 가지 제약을 받을 때마다 나는 엉뚱하게도 공자라는 사람은 왜 왈, 왈, 해서 나를 못살게 구는지 생각했고 더불어 유교에 대해 좋은 감정을 가질 리 없었다.

　그런데 어느 날 나는 『논어』를 읽게 되었는데, 읽기 시작하면서부터 다 덮을 때까지, 그리고 덮고 나서는 더욱, 나의 어리석음과 무지와 오만에 대해, 마치 내가 살아 있는 공자 앞에서 심하게 화를 낸 경험이라도 있는 것처럼 부끄러웠다. 이상한 일이었다. 할아버지의 밥상머리에서 듣던 공자와 내가 『논어』에서 읽은 공자는 전혀 다른 사람이었던 것이다. 그럼 할아버지가 알던 그 공자는 대체 누구란 말인가.

부끄럽지만 불교에 대해서 내가 가졌던 생각들도 그런 것의 하나였다. 초등학교, 중학교 그리고 고등학교가 모두 기독교 계통의 학교였으니 내게 불교란 할머니나 어머니 그리고 외할머니의 종교일 뿐이었고, 그나마 사상적으로 불교라는 것에 접근해볼 엄두를 내기도 전에 나의 대학 생활은 최루탄으로 얼룩져버렸다. 더구나 나의 친한 친구 중의 하나가 불교에 관심을 가진 아이였는데 그 애는 언제나 최루탄에 범벅이 된 나를 보고는, "그래도 모든 것이 공이야. 결국은 무로 돌아가는 거라구"라며 비웃었으니 공자와 마찬가지로 내가 석가라는 그 훌륭한 성인을 달가워할 이유가 전혀 없었다. 아니, 오히려 그 친구가 말끝마다 달고 다니는 허무라는 말 때문에 나는 인간이 가진 정의를 향한 의지를 불교가 공이라는 그럴듯한 단어로 매도하는 종교라는 생각을 떨쳐버릴 수가 없었다. 더구나 그저 일자무식하게 해탈이라는 것이 단순히 인생의 백팔번뇌에서 벗어나는 것이라고 믿었던 나는 단테의 『신곡』 중에서 천국이 무미건조한 것을 생각하면서, 그 친구와 언쟁 중에 이런 말까지 했다.

"해탈? 시켜줘도 안 한다. 해탈하고 나면 무슨 재미로 사니?"

그러던 내게 변화가 찾아온 것은 최근의 일이었다. 그때 개인적으로 나는, 내가 전혀 원하지도 않았고, 상상하지도 않았고, 더더구나 내가 저지른 일 때문도 아닌 어떤 고통에 휩싸여 있었다. 어머니는 말버릇처럼 당신의 업이자, 내가 이승에서 갚아야 할 업이라고 되뇌셨지만 나는 거기에도 동의할 수 없었다. 내가 책임질 수도 없고, 알지도 못하는 지난 삶 때문에 고통을 겪어야 한다면 그보다 더 부당한 일이 어디 있을까 싶었던 것이다. 어린 시절부터 스스로 성당에 다녔던 내게서 이미 신도 떠나가버린 뒤였고, 과학과 신념이 인간을 구원할 수 있다고 믿었던 80년대의 꿈도 사라진 듯 보였을 때였다. 바로 그때 나는 불교를 만나게 되었다.

그저 불교에 관심이 있다고만 하는 사람 좋은 선배를 통해 나는 먼저 선불교를 접하게 되었다. 그리고 조금씩 책을 읽어나가기 시작하면서 나는 놀라운 경험을 하게 되었던 것이다. 이상한 일이었다. 불교는 나를 비웃던 친구가 말하던 그런 종교가 아니었다. 어머니가 내게 주기 위해 부적을 만들어오는 그런 종교도 아니었다. 이상한 일이었다. 그렇다면 친구의 부처님과 어머니의 부처님은 누구란 말인가.

어쨌든 나는 점차로 고통을 두려워하지 않고 고통을 정직하게 바라보며 담담하게 견디는 법을 불교를 통해서 배우게 되었는데, 어느 날 시장에 갔다가 거지에게 무심히 돈을 놓아주는 나 자신을 발견하게 되었다. 10년 만의 일이었다. 이런 부끄러운 이야기도 이야기라고 털어놓는 것은 거지에게 동전을 던지는 그 단순한 행동을 내가 10년 동안 하지 않게 된 것에 숨어 있는 나의 의식을 설명해야 했기 때문이다. 그것은 바로 두 가지, 하나는 사회구조를 바꾸지 않는 한 거지에게 동전을 던지는 것이 무슨 소용이 있나 하는 이데올로기를 받아들인 때문이요, 둘째는 거리의 걸인 앞에 서서 주머니를 뒤적거리고 그것을 던지는 내 모습을 누가 보면 창피할 것 같다는 해괴망측한 자의식 때문이다.

그러나 불교를 공부하고 그것이 내 마음에 주는 위로를 받아들이면서 나는 아무런 스스럼없이 거지에게 다가가 돈을 건네주었고 거기에 대해 어떤 다른 생각도 품지 않았다. 그건 시장을 보는 일보다 더 자연스러운, 그냥 일상일 뿐이었던 것이다. 이상한 일이었다. 내가 배웠던 기독교에서 그렇게 가난한 사람을 도와주라고 했지만, 불교에서 그런 구절은 읽은 기억조차 없는데 말이다.

어쨌든 나는 불교를 이해하기 시작하면서 어머니를 이해하기 시작하였고, 할머니를 이해하기 시작하였고 이천 년을 울려도 맑은 소리가 그치지 않는, 사찰의 종을 만들어낸 조상들의 예술을 이해하게 되었고, 그리고 더욱 나아가 거지에게, 그리고 나에게 숨어 있는, 아직은 모르는 어떤 힘을 이해하게 되었던 것이다.

그럴 즈음인 지난여름 나는 지우들과 선암사에 갔다가 송광사를 들러서 올 예정으로 길을 떠났다. 길지 않은 여정이었는데도 우리 일행은 별것 아닌 일로 서로 언쟁을 하게 되었고, 그래서 여행 마지막 날 들른 송광사 입구에서는 아예 저만큼씩 떨어져 서로에게 신경을 곤두세우고 걸어갔다. 그때 내 귀에 어떤 새의 울음이 들려왔다. 지금도 이름을 알지 못하는 그 새의 울음소리는 뭐랄까, 마치 비웃는 듯한 사람의 웃음소리 같았는데 어수룩한 문자를 써서 굳이 표현해본다면 이런 것이었다. 호로로로로, 호로로로, 호로로로로로로……

내 뒤통수를 무언가가 치고 지나가는 것 같았다. 대체 좋자고 떠난 여행에서 별것도 아닌 일 가지고 우리가 이렇게 서로 신경을 곤두세울 게 뭐 있을까 하는 생각, 아아, 우리는 언제까지 대체 얼마나 작은 것들에 집착할 건가 하는 생각.

선암사의 아늑한 분위기도 송광사의 엄숙한 정적도 이제는 거의 잊었지만, 송광사 입구에서 멀리, 소리로만 울던 그 새의 목소리는 아직도 내 귀에 선해서, 날마다 내게 묻는다. 언제까지 대체 얼마만큼이나 작아지고만 있을 거냐고 말이다.

하지만 그것도 이상한 일이다. 새는 제 타고난 소리로 그저 울었을 뿐일 텐데.

삶은 순간에 우리를 스쳐 지나간다

그맘때의 나이면 누구나 그랬듯이 소녀 적의 나는 윤동주의 시집을 늘 끼고 다녔다. 시를 좋아하다보니 어느 날 그의 전기도 구해서 읽게 되었는데 거기에는 일본 제국주의 군대에게 인간으로서 차마 그럴 수 없는 생체 실험을 당하고 죽어간 윤동주의 죽음이 그려져 있었다.

안경이 깨어진 채로—눈이 나쁜 사람은 안다. 이것의 막중한 의미를!—알 수 없는 주사를 맞다가 죽어간 그 시인. 그 후로부터 지금까지 이따금 그 생각이 떠오를 때면 이상하게도 쉽게 몸서리가 진정되지가 않았다. 철창 안에서 이름을 불리고 끌려 나가 주삿바늘이 제 몸에 닿는 순간까지 깨어 있었을 시인의 의식을 생각하면 몸서리가 멎질 않는 것이었다. 그때 그의 눈에 불명

확하게 아른거리던 그 공포.

백번 양보해서 잘못된 역사는 누구를 고문할 수도 있지만, 선량하고 용감했던 사람들을 무심히 없애버릴 수도 있을 것이지만, 그래도 시인에게만은 절대로 그렇게 하면 안 된다고 나는 혼자 비분강개하여 중얼거리기도 했다. 왜냐하면 시인은 한 나라의 양심의 척도라고 나는 생각했던 것이다. 돈을 벌지도 못하고 명예가 있는 것도 아닌, 그저 어쩔 수 없이 시대의 병을 포착하는 그 예민한 사람들을 없애는 것은 사회의 희망을 없애는 것이라고 나는 굳게 믿고 있었던 것이다.

문 목사님을 만난 것은 그 무렵이었다. 용정에서의 윤동주와의 추억을 짧은 글로 적어놓으셨던 분이 바로 그분이었던 것이다. 그리고 그 후 80년대 문익환 목사라는 이름은 우리와 떨어질 수 없는 이름이었다.

87년도인가 막 출옥하신 후 이한열 열사가 잠든 연세대로 달려오시던 모습이 생각난다. 그때 먼발치서 그분을 보면서 나는 생각했다. 어쩌면 저렇게 어린애 같은 눈을 가지셨을까 하고. 그리고 우리 모두는 기억할 것이다. 이한열의 장례식에서 그 누구의 미문보다 우리의 가슴을 뒤흔들었던 그분의 조사를. "전태일 열사여!"부터 시작하던 그 많은 것을 담은 부름을.

그러고 나서 방북이라는 죄를 뒤집어쓰시고 또 옥고를 치르시어 추운 겨울날이나 꽃 지는 봄날, 옥 안에 갇힌 이 시대를 커다랗게 상징하시면서 문득문득 젊은 우리를 부끄럽게 하시던 그분.

아니다. 글을 이렇게 누구나 할 수 있는 말로 끌고 가려던 것은 아니다. 나는 사실 작년 어느 봄날의 일을 이야기하고 싶었다. 우연히 수유리의 문 목사님 동네로 이사를 온 어느 날, 나는 차를 몰고 가다가 길거리에 서 계신 그분을 뵈었다. 목사님은 회색 두루마기를 입고 길가에 서 계셨다. 택시를 잡으시는 길이면 태워드릴까 하고 생각하는 사이, 혹시나 나를 모르시면 너무 부끄럽지 않을까 하는 생각에 잠시 망설이다가 그냥 지나친 일을 나는 일 년이 넘도록 마음에 두고 있었다.

그래서 그 동네 어귀를 지나는 날이면 늘 속도를 늦추고 그분의 모습을 찾곤 했다. 이번에도 홀로 서 계시면 태워드려야지. 먼 길이라도 모셔다드려야지. 그것이 가장 작게나마 할 수 있는 나의 도리가 아닐까 하고.

하지만 나는 끝내 그분을 나의 남루한 자동차에 태워드릴 수 있는 영광을 잃고 말았다. 그렇다. 삶은 순간에 우리를 지나쳐간다. 쉽게 잃어버린 역사를 되돌리기가 너무나 힘에 겹듯이.

부고를 신문에서 읽은 그날, 밥을 짓다가도 길을 걷다가도 눈물이 나왔다. 병에 걸리신 거였다면, 교통사고였다면 차라리 그렇게 눈물이 나오지는 않을 것 같았다. 주치의라는 거창한 이름이 아니더라도 주변에서 의학을 전공하시는 분이 그분의 건강을 체크만 해드렸다 하더라도, 이즈음 온갖 권력의 뒤꽁무니에서 타협하다가 비슷한 시기에 죽은 누구처럼 하와이의 병원에서 호사스러운 암 치료를 받는 것은 바라지도 않더라도, 세브란스 병원

에 가셨다가 사람이 많아 되돌아서지만 않으셨대도 하는 생각이
내 가슴을 죄어왔다.

그분은 시인이셨다. 무엇보다 그렇게 불리는 것을 좋아하셨다
고 했다. 나는 나와 내 시대가 미웠다.

남의 나라의 혁명에 관하여

　사실을 이야기하자면 어렸을 때의 반공 시간은 지겹기만 했다. 가르치는 선생님이라도 총각이라거나 했다면 몰랐을까 학기가 바뀌고 윤리 교육이 강화된다는 발표가 신문지상을 오르내리고 나자 이상하게도 영어 선생님이 어느 날 윤리주임이 되었으니 사정이 그럴 만도 했다.

　그런데 이렇게 갑자기 내가 반공 이야기를 꺼내는 것은 얼마 전에 본 영화 〈패왕별희〉 때문이다. 그렇다고 중국의 영화에 대해 이야기하거나, 그도 아니면 그들의 경극이라는 문화적 유산을 세계적으로 성공적인 상품으로 만들어내는 것이나, 그도 아니면 망명한 감독 천 카이거에 대해서 이야기하자는 것은 아니다. 사실은 나는 문화혁명에 대해서 이야기하고 싶었고, 그래서 거의 20년 전의 반공 시간 이야기를 꺼낸 것이었다.

이상하게도 가끔 엉뚱한 것을 오래 기억하는 버릇이 있는 나는 그때 그 반공 선생님이 해준 말이 기억난다. 중국은 마오쩌둥을 비롯한 몇 명이 대륙을 총칼로 차지한 후 그것이 여의치 않자 문화혁명이라는 그럴듯한 이름을 만들어서 다시 사람들을 살육했다고 말이다. 유물론이란 건 사람이 죽으면 밭 한가운데 묻어서 비료로 쓰는 것이라고.

사실 그때의 나는 그 말에 대해 별로 놀라움을 갖지도 않았다. 공산주의라는 건 상상할 수 있는 모든 나쁜 것을 다 갖다 붙여도 하나도 어색하지 않을 만큼 나쁜 것이었으니 죽은 사람이 아니라 산 사람을 밭에다 묻어 비료로 쓴다 한들 놀랄 일이 뭐가 있을까 하는 생각이 들었던 거였다. 다만 수업 시간이 지겨웠을 뿐 그 이상의 어떤 의미도 내게는 없었다.

그런 공산주의에 대해서 의미가 다가왔던 건 80년대의 어느 복판에서 선배들의 지도로 중국 혁명사를 공부할 때였다. 끊임없는 혁명을 위한 문화혁명, 이미 혁명 성공단계에서 우리들에게 가장 매력적인 영웅으로 비추어졌던 마오쩌둥의 사업. 나는 그때 몹시 분노했다. 이제껏 우리를 속여왔던 교육과, 그리고 부르주아들의 지식에 대해서. 서구의 모든 지식인들을 매료했던 마르크시즘을 이렇듯 천박하게 가르쳐주었던 우리들의 학교에 대해서. 우리들은 그럼으로써 절름발이 철학만 가지게 된 것은 아니었는지 화가 났던 것이었다.

그리고 90년대가 밝아왔다. 나는 여러 중국인들이 쓴 책을 읽었고, 아직도 사회주의가 인류를 구원할 것임을 의심치 않는 연변에 사는 우리 교포 작가의 글도 읽었다. 물론 이 영화를 만든 감독 천 카이거의 글도 읽었다. 그들의 글에는 끊임없이 문화혁명이 소개되고 있었다. 그들의 글에서 문화혁명은 한결같이 아주 비참하고, 아주 야만적이며, 무엇보다 인간이 인간을 가장 인간답지 못하게 만들어놓았던 한 시대의 이야기로 기록되어 있었다. 그것은 그 시대의 모든 사람에게 가해졌던 상처로 남아 있었던 것이다.

영화 〈패왕별희〉에 그려지는 문화혁명을 보면서 나는 그걸 생각했다. 그렇게 지나온 우리 80년대에 젊었던 이들을……. 어린 시절부터 20년 동안 지옥 같은 공산주의를 배운 우리들……. 스무 살이 지나가는 해부터 서른의 문턱에 닿을 때까지, 그 꽃 같은 나이에, 학교가 우리에게 가르치는 것만이 진실이 아니라는 것을 증명하기 위해 감옥에 갇히기까지 했던 사람들……. 그래서 우리는—아니, 적어도 얼치기였던 나는—사회주의라는 이상에 모든 지옥과 반대되는 말들을 갖다 붙였다. 그것은 낙원이었고 구원이었던 것이다.

그런데 또 이제 우리는 당사자인 중국인들의 입을 통해서 사실은 그게 아니었다는 이야기를 들어야 하는 것이다. 이상한 일이었다. "나는 운명에 희롱당하는 바보"라고, 줄리엣의 오빠를 죽이고 나서 하늘을 향해 부르짖었던 로미오의 절규가 문득 떠올랐다. 우리에게 그 하늘은 누구였을까.

꿈을 안고 살 것인가, 희망 없이 죽을 것인가

영화 〈쇼생크 탈출〉이 끝나고 불이 켜졌을 때 한동안 나는 어둠 속에서 앉아 있고 싶었다. 글쎄, 이런 종류의 감동을 무어라고 이야기해야 할까. 사실은 영화 중간에 울고 싶기도 했지만 울 기회가 없었던 영화, 영화 중간에 잠시 그 감동을 감상하고 싶었지만 감동할 기회를 주지 않고 관객의 목을 조르는 영화. 그랬기 때문에 영화가 끝났을 때 재빨리 밝아지는 극장의 불빛이 못마땅했던 것이었다.

무엇보다 이 영화의 장점은 사방이 벽과 창살로 이루어진 감옥 안의 이야기가 우리들의 일상을 모두 상징해내는 데 충분하다는 것이다. 그곳에도 사람들이 살고 있고 암거래가 이루어지며 사기와 기만, 가진 자들의 횡포, 그 그늘에서 빌붙어 사는 기생

충 같은 인간들이 있다. 그런 곳에 인간의 가치를 아는 주인공을 배치해놓음으로써 긴장은 생겨난다.

감옥에 가서 그곳에서 권력을 가지고 있는 남자들에게 강간을 당하고 등을 구부린 채로 혼자 앉아 있는 주인공의 모습은 오래 내 뇌리에 남아 있었다. 그 고독과, 그 처절함과, 그 비통함.

남자가, 그러니까 여자가 아니라도 남자들에게 윤간을 당하는 것이 그토록 처절한 폭력이라는 것을 나는 사실 이 영화를 통해 처음 알았다. 어쩔 수 없는 상황, 인간이 될 자격이 없는 인간들이 인간답게 살고 싶은 사람들을 폭행하는 감옥, 하지만 역시 인간이기 때문에 생각할 수도 반성할 수도 있는 감옥이라는 극한 상황에서 주인공은 끝내 희망을 포기하지 않는다.

그로 인해서 우리는 봄바람이 부는 야외에서 그냥 맥주를 천천히 마실 수 있는 자유, 텅 빈 도서관에 가치 있는 책들이 채워지고 거기서 원하는 책을 읽을 수 있는 자유, 의미를 다 이해하지 못한다 해도 오페라 여가수의 아름다운 목소리를 듣는 자유가 우리 삶에서 사실은 얼마나 가치 있는 일인가를 깨닫게 된다.

원래 미국 배우들을 싫어하는 나로서는 팀 로빈스라는 멋진 젊은이를 만난 것도 개인적으로는 큰 기쁨이었다. 섭섭한 점이 있다면 지나치게 잘 배치된 복선들과 잘 짜여진 시나리오 정도일 것이다. 물론 이런 할리우드 시나리오의 매력 때문에 나는 영화에 빠져들기 시작했지만 말이다.

하지만 정말로 섭섭했던 것은 그것이 이미 50년 전 미국의 감옥 이야기라는 것이었고, 그들의 독서와 자유, 그들의 자유로운 식당 분위기 같은 것들이었다. 아직도 0.8평 독방에 수감되어서 개밥같이 배달되는 식사를 먹고 있는 나의 동료들을 생각하면 더욱 그렇다. 그랬기 때문에 영화의 다음 구절은 내게 더욱 쓸쓸하게 다가왔는지도 모른다. 꿈을 갖고 살 것인가, 아니면 희망 없이 죽을 것인가.

희망 없이 죽기도 꿈을 갖고 살기도 힘든 이 세상에서 나는 생각해본다. 희망 없이 살 것인가, 아니면 꿈을 가지고 과거의 나자신을 죽일 것인가.

사랑이 아니었던 것일까요

K언니에게.

뭐라고 제가 글을 써야 할지 몰라서 며칠 동안 막막했습니다. 요즘 정신없이 살다 보니 그 생각도 자주는 못 했지만 말이지요. 잘 지내지 못하시는 것 같아서 편지 받아보고 한참 멍하니 앉아 있었습니다. 그러니 잘 지내시냐고 인사하지는 않겠습니다.

어제는 작가회의 소설 분과에 갔다가 방향이 같은 K선배와 또 다른 소설 쓰는 K후배와 덕성여대 앞에서 술을 마셨습니다. 우리가 무슨 이야기를 했는지 지금은 하나도 기억나지 않습니다. 우리는 그저 함께 얼굴을 보고 있었을 뿐 어쩌면 각자 혼자서 자기만의 이야기를 하며 술을 마셨는지도 모르겠군요. 그리고 밤 1시쯤 오랜만에 이사 와서 처음 술에 취해서 돌아왔는데 아침에 눈을 뜨니까 비가 내리고 있더군요.

어제 우리가 술을 마셨다는 이야기를 하다가 말았군요. 그래요. 하나 생각나는 게 있어요. K형 말입니다. 그는 아무도 없는 곳으로 가서 한 10년만 살고 싶다고 하더군요. 그 형이 10년을 아무도 없는 곳에서 과연 살 수 있을까 신뢰하는 사람은 아무도 없지만 전 대뜸 그러는 게 좋겠다고 대답했습니다.

언니도 아시다시피 K형은 사람에 대한 애정이 각별한 사람이고, 그 각별함 때문에 힘들어하는 줄 저는 이미 알고 있었거든요. 애정이든 돈이든 그도 아니면 글이든 퍼주기 위해서는 고이는 시간이 필요한 것이니까요.

그래요. 머리를 써야 먹고사는 사람들은 좀 텅 비어버리는 시간들을 가지는 일이 필요한가 봅니다.

언니 역시 떠남의 시간은 몹시 아팠겠지만 그곳에서의 한 달간이 그런 시간들이 되었으면 좋겠습니다. 언니가 지금 머무는 그곳이 언젠가 언니가 다녀와서 이야기했던 융프라우만큼 아름다운 곳은 아니더라도, 자기 자신의 내면 속에 깊이 숨겨져 있던 아름다움을 발견할 수만 있다면, 그럴 수만 있다면 그 시간들은 헛되지 않을 텐데…… 이렇게 속 편한 생각을 해보았습니다. 그것이 얼마나 어려운 일인지 잘 알고 있으면서도 말이지요.

지난여름에 불교 책에서 읽었던 구절이 생각납니다.

옛날 중국에 한 농부가 살았답니다. 그는 더할 수 없이 선량하고 아름다운 사람이었다고 하더군요. 그런데 위정자들이 전쟁을 일으켰고, 그는 전쟁에 끌려 나가서 8년 만에 마을로 돌아왔습니다.

 8년 만에 돌아온 그를 본 마을 사람들은 수군거리기 시작했습니다. 그는 더 이상 예전의 그가 아니었거든요. 잘 웃고 선량하고 건강하던 그 농부가 아니었던 겁니다. 아무와도 말을 하지 않았고 사람들을 피하고 그렇게 변해버렸던 겁니다. 전쟁 속에서 그는 무엇을 겪었을까요.

 얼마 후, 그는 호미를 내팽개치고 집 뒤쪽의 대숲에 정자를 짓고 그 속에 들어앉았습니다. 그러고는 그 8년간을 그저 최소한의 양식으로 연명하면서 아침이면 일어나 그저 대숲만 바라보았습니다. 그저 말이지요. 그는 무엇을 보았을까요. 대숲에서 뜨는 해, 대숲에서 지는 해, 대숲에 이는 바람, 바람에 쓸려가는 대숲의 움직임. 그리고 대숲 사이 사이로 내리꽂히는 햇살들…….

 그리고 8년의 시간이 지난 후 그는 다시 웃으면서 세상으로 돌아왔습니다. 그리고 사람들과 화해한 후 입산을 했다는 이야기였습니다.

 모르겠습니다. 왜 그 사람의 이야기가 그토록 오래 내 가슴에 남아 있었는지요.

 언젠가 저의 생이 몹시 힘들었던 어느 날 제주도엘 간 적이 있었습니다.

 공항에서 내려서 — 전 사실 그때 누가 보아도 제정신이 아니었을 겁니다. 저러다가 쟤 어떻게 되는 건 아닌지 잠이 안 왔다고 어머니가 나중에야 말씀하시더군요—택시를 타고 5·16 도로를 지나가고 있었습니다. 그때 서울에서는 내내 비가 내리고 있었던 때였는데 제가 타고 가는 택시 창밖으로 아아, 초여름의 햇살이 부서져 내렸습니다. 저는 창문을 열고 그 햇살을 제 정수리부터 받았습니다.

그래요, 어떻게 표현을 해야 할까요. 그 햇살이 소독약처럼 내 살갗에 부어지는 것 같았다면 맞을까요. 분명 그 여름의 햇살은 따갑고 아팠지만, 그렇지만 저는 느낄 수 있었습니다. 그것은 내 상처에 부어지는 소독약처럼 따갑고 감사했다고.

어제 시장엘 가다가 보니까, 분명 그제까지는 민민했던 나뭇가지들마다 잎이 터져 나오려고 도톰하게—마치 터질 듯이—봉오리들이 맺혀 있었습니다. 봄인 게지요.

그것을 언니도 그곳에서 보고 계시리라 믿습니다. 그곳의 자연만이 언니를 도울 수 있으며 언니 자신만이 언니를 치료할 수 있지요. 의사들이 아닙니다.

오늘은 방을 걸레로 문지르다가 거미 한 마리를 보았습니다. 내가 저를 죽일 생각도 없었는데 필사적으로 도망치더군요. 그래서 잠시 언니 생각을 했습니다. 보세요, 거미도 이렇게 싸우지 않습니까, 하고.

언니의 소설들을 생각했습니다.

다는 아니지만 제가 읽은 것들. 언니 소설에는 일인칭이 없습니다. 삼인칭이라 하더라도 자기의 아픈 곳, 상처, 이런 것들이 잘 들여다보이지 않는 느낌이었지요. 언니는 이 세상을 그렇게 탁월하게 관찰하고 기록하는 일로써 어쩌면 자기 자신으로부터 도망치려던 것은 아니었을까요.

언니는 소설조차도 억압하는 것은 아니었을까요. 그래서 늘 내부의 격정들이 터져 나올 곳을 찾지 못해 언니를 괴롭히는 것은 아닐까요. 그것이 이제 단지 병이라는 징후로 나타났던 것은 아닐까요. 왜 그렇게 신랄하게 몰아붙이느냐고요? 그래요, 죄송합니다. 왜냐하면 그것이 저 자신에게 제가 가장 신랄하게 해주고 싶었던 말이기도 한 이유일 것입니다.

누군가 제게 충고하더군요. 자신의 욕망에 대해 당당해지라고. 그러니 언니, 저도 이렇게 말할게요. 자신의 욕망에 대해 당당해지세요, 라고.

누구나 죄를 짓습니다. 마음으로는 더욱 말이지요. 예수님은 마음으로 간음하는 자도 벌을 받을 것이라고 했습니다. 예수님은 마음으로 하는 간음이 있다는 것을 대체 어떻게 아실 수가 있었을까요. 신이니까? 그래서?

죄는 규율이 만들어내는 것이겠지요. 이곳에서의 죄가 비행기 한 시간 타고 가면 죄가 안 되는 나라도 있으니까요. 10년 전에는 죄가 되었기 때문에 유치장에 갇힐 일이 이제는 그렇지 않은 죄도 물론 있고요. 금기가 바뀌면 죄도 바뀌겠지요.

다만 그 금기가, 그 규율이 누구의 가치를 옹호하며 그것은 과연 그럴 만한 가치가 있는 것인가를 성숙하게 사고하는 것이 이제 우리의 몫이 아닐까요? 그리하여 그것이 옹호할 만한 가치가 있는 것이라면 그다음에는 우리 마음의 '죄'가 아니라 우리 자신의 '행동'을 컨트롤하는 일이 남겠지요. 언니는 다만 마음과 몸이 너무나 정직하게 일치했을 뿐이며 그로 인해 마음의 돌팔매를 맞았을 뿐입니다.

이제 그 팔을 거두세요. 언니에게 돌팔매를 겨눈 것은 언니 자신이었습니다. 또 왜 이렇게 신랄하게 나오느냐고 언니는 물으시겠지요. 왜냐하면……이라고 저는 말하지 않겠습니다. 그 대답도 같으니까요. 제가 어찌 그리 잘 알 수가 있겠습니까.

사랑이라는 것은, 사람이 이 세상에 태어나 할 수 있는 가장 가치 있는 일이라고 저는 믿고 있습니다. 하물며 그것이 핏줄을 나눈 부모나 자식 사이도 아닌 생판 딴 데서 자라나 눈 한번 맞춘 일밖에 없는 남녀 간에 이루어진다면 그것은 거의 신비에 가까운 축복이라고 저는 믿고 있습니다. 그러나 올바른 사랑이라는 것은 참으로 드물더군요. 그것은 사람들이 악해서라기보다는 약해서입니다. 사람들은 약해서 가끔 우리 자신이 우리 자신을 멋지게 속여 넘기는 일도 모르거든요. 사랑은 결코 상처를 주는 일은 아닙니다. 그러므로 상처받았다면 그것은 사랑이 아니었던 것은 아닐까요.

예전에 어떤 선배가 언니처럼 고민하는 어떤 사람에게 이런 말을 하더군요.

사랑하라, 더욱 사랑하라. 만일 이러저러한 금기 때문에 회피한다면 이 땅에는 간음과 불륜만이 남을 것이다 하고. 그리고 현실이 그것을 가로막는다면 그때는 선택하고, 선택했으면 그게 어떤 것이든 나머지 것들을 돌파하라고 말이지요.

뉘앙스에 따라 다르게 읽힐 수 있는 말이지만 감동 잘하는 습관이 몸에 밴 저는 그 밤거리에서 또 감동했습니다.

그러니 부디 사랑하기로 해요. 먼저 언니 자신의 헝클어진 마음과 몸을. 그러고 나면 돌파할 기력이 우리에게 생겨나는 것이 아닐까요?

그것이 사랑이든 병이든 아니면 우리 자신 내부에 남아서 아직도 우리를 괴롭히는 우리 자신이든.

또 편지드리겠습니다. 언니가 편하지 않으니 저도 편하지 않습니다. 그러니 부디 몸 건강하시기를 바랍니다.

내가 너의 휴식이 될 수 있기를

S에게.

폭풍우가 몰아치리라는 예보를 듣고 우리는 제주에 남았다. 바람과 비 혹은 뇌성들에 대한 나의 공포 때문에, 그리고 최종적으로는 통일되지 못하고 섬처럼 남은 반도에 사는 죄로 우리가 먼 곳을 가려면 타야 하는 비행기에 대한 나의 공포 때문에 결정된 것이긴 했지만 혼자 떠나지 않고 남아준 너의 배려를 생각한다.

급히 잡은 호텔에 여장을 풀고 나는 베란다 문을 열었지. 너에게는 이야기하지 않았지만 나는 사실 간절한 마음으로 그 폭풍우를 기다리고 있었다. 비바람 치는 바다, 미친 듯이 일렁이는 파도와 바람과 나무 들을 보고 싶다는 욕망이 나를 제주에 붙들어 맨 것처럼 생각될 정도였다. 그것은 왜였을까. 아마도 나는 나처럼 폭풍우 치는 다른 어떤 사물을 보고 싶었던 것은 아닐까.

우리 방 앞에 있는 간이 의자들이 철거되고 호텔 밖으로는 절대 출입하지 말라는 경고가 여러 번 되풀이되었다. 나는 혼자 생각했지. 이제 폭풍우가 불어오면 내가 여기 서서 그것을 바라보는 일만이 남았겠구나 하는 생각. 나는 소풍을 앞둔 계집아이처럼 설레던 것 같기도 하다.

하지만 베란다 난간에 기대서서 바라본 세상은 고요하더구나. 이것이 바로 사람들이 말하는 폭풍 전야인가 할 정도로 하늘은 맑고 우리 방 앞에 서 있는 소나무 가지 하나 흔들리지 않더구나. 하늘을 올려다보니 별들이 빛나고 있었다. 맑고 고운 별들이었다. 별들은 별들끼리 맑고 영롱한데 나는 무언가 허전한 마음이 들었다.

아침에 일어나니 하늘은 맑게 개어 있더구나. TV를 켜니 폭풍은 한반도를 비껴 일본으로 빠져나갔다고 했다. 허탈한 마음이 들었어. 모르겠다. 나는 아마도 비바람 치는 벌판에 나를 혼자 내버려두고 싶었나 봐.

일주일 남짓 함께 여행하는 동안 우리는 사실 내내 독립적이었다. 이번 여름 여행 동안 우리는 몇 가지 수칙을 정했지. 그건 누구의 제안도 아니었고, 그저 우리 둘이 신기하게도 일치한 거였어. 첫째, 동선을 줄인다. 둘째, 쉬는 것을 최고의 목표로 삼는다. 셋째, 의견이 합치하지 않을 경우에는 각자 행동하기로 한다.

그래서 우리는 때로 식사를 따로 하기도 하고, 따로따로 떨어져 한 사람이 호텔에 남아 책을 보는 동안 한 사람이 바닷가에 다녀오기도 하고, 함께 바닷가에 가는 경우에도 각자 누워 책을 읽기도 했지. 이토록 즐겁고 편안한 여행은 내게는 처음이었어. 휴양(休養)이라는 말이 무엇인지 깨달을 수가 있더구나.

폭풍우 이야기로 돌아가보자. 나는 대학 내내 어떤 이미지를 갈망하고 있었단다. 그건 아주 무거운 배낭을 메고 군화를 신은 채 먼지 나는 시골길을 혼자 걷는 거였어. 태양이 머리 위에서 작열하고 가도 가도 길은 끝이 없고, 밤이 되면 가장 가까운 방에 자리를 정하고 아무 생각도 꿈도 없이 곯아떨어져보는 것. 어쩌면 헤세 류의 방랑을 꿈꾸었는지도 모르지. 헛간에 겨우 얻은 잠자리의 마른풀 냄새, 아침에 얻어먹는 한 잔의 염소젖 같은…… 하지만 헤세의 방랑에는 이상하게도 가을의 냄새가 난다. 혹은 싸늘한 유럽 겨울 안개 냄새 같은…….

하지만 내가 바라던 여행은 여름이었지. 내가 좋아하는 8월 조선의 소똥 냄새를 피어오르게 하는 내가 좋아하는 강렬한 햇살들이 꼭 필요했던 거야. 물론 나는 때로는 그 비슷한 여행을 해보기도 하고, 때로는 정말 무거운 배낭을 지고 시골길을 걷는 일도 해보았지. 하지만 한 번도 그 이미지는 내게서 충족되지 않았단다.

한때 시인이 되기를 꿈꾸었던 어린 시절에 겁도 없이 어떤 시를 발표한 일이 있었어. 그 시 구절 중에 이런 게 있단다.

눈물이 불투명해질 때까지 깨물어본 일이 있는 사람은 알지

내가 아끼던 꽃 한 송이가 화병에 발 담그고 시들던 날 흩어
져 날리던 바람 소리

내가 왜 들에 가고 싶었는지

아무렇게나 누워도 잘 어울리는 투박한 산과 강, 내가 왜 들
에 나가 바람의 긴 회초리를 맞고 싶었는지

하지만 이번 여행에서 폭풍우를 기다리면서 나는 그 비슷한
이미지들이 내 속으로 지나가는 느낌을 받았어. 비록 폭풍우는
비껴가버리고 우리는 다시 뜨거운 햇살 아래서 여기저기를 산책
했지만, 너와 떨어져 내가 혼자 어두워가는 중문의 한 절벽에서
지는 해를 바라보고 있을 때 나는 내가 무거운 배낭을 지고 한
여름을 지나왔음을 깨달았다. 나는 비로소 그때서야 내 어깨에
서 배낭이 벗겨지고 무거운 군화도 벗어 던지고, 그리고 마른 지
푸라기에 기대는 어떤 안온을 느낀 거야. 모르겠다. 그렇다면 나
의 갈망은 대체 무엇이었을까.

네가 오기를 기다리며 절벽에 기대어 담배를 피워 물면서 나
는 너를 생각했다. 상처투성이인 채로 굳게 다물어진 너의 입을.
눈물이 불투명해진 채로 깨물어본 일이 있는 너의 그 눈빛을. 내
가 알아본 것은 아마도 너의 그런 이목구비가 아니었을까.

생각나니? 우리가 맨 처음 만났던 그 겨울날 내가 너에게 불
쑥 던졌던 그 한마디?

"너도 어린 시절에 많은 상처를 입었지?"

너는 나의 말을 듣고 고개를 가로저었다. 그럴 리 없다고 단호하게 말했다. 내가 왜 그때 그런 말을 뱉었는지 지금 생각해도 신기한 일이긴 했어. 하지만 나는 알고 있었단다. 같은 병을 앓는 사람들끼리 알아보는 그런 특별한 힘이 작용했던 거였을까. 며칠 후 나는 울먹이는 너의 목소리를 들었단다. 너는 더듬거리듯 말했다.

"생각해보니까 그런 것 같아……."

서른네 살이 되어서 나는 새로운 친구를 하나 얻을 수 있었던 거야. 아직까지 남아서 우리를 괴롭히는 그 상처가 내게 친구를 하나 만들어준 모양이라고 생각하니 혼자 남몰래 웃음이 나오기도 했단다.

신기하게도 우리는 다른 별에서 쌍둥이였던 사람들처럼 지나치게 닮은 성장 과정과 지나치게 닮은 상처들을 가지고 있다는 것을 확인할 수 있었어. 놀라운 일이었지. 서울 중산층의 막내딸로 자라난 너와 나, 나이 차이가 많이 지는 언니와 오빠를 하나씩 가지고 있다는 점까지. 그리고 그 중산층의 막내라는 바로 그 점 때문에 고통스러웠던 것까지.

한때 나는 숫자에 매달린 적이 있었다. 소득수준과 물가지수 혹은 경제학의 여러 지표들. 그때 내가 중산층 가정의 막내딸로 세상 사람들이 말하는 대로 누릴 것 다 누려보고 자랐다는 사실 때문에 더할 수 없이 괴로웠단다. 그것은 내 이마에 새겨진 표지 같았지. 말하자면 나는 빼앗은 자의 딸이었다는 괴로움들 때문에 한시도 편안할 수 없었던 것이지. 그렇기 때문에 나의 불행은 당연한 것이라고 생각했던 적도 있었지. 아니, 한 걸음 더 나아가서 절대로 행복해져서는 안 된다는 굳은 결의도 있었던 것만 같아.

물론 나는 지금도 절대 빈곤이란 이유 여하를 막론하고 사람들을 괴롭히는 악이라고 생각하고 있단다. 가난이 주는 상처에 대해서도 겸허하게 이해한단다. 그러나 그렇다고 해서 다른 종류의 물질적 풍요가 우리를 행복하게 만드는 것은 아니지. 상처는 관계에서 오는 것이고 사람에게서 오는 것이니까 말이야. 나는 이제 확신한단다. 어떤 작가의 말처럼 행복한 사람들은 비슷비슷하게 행복하지만 불행한 사람들은 가지가지로 불행한 법이니까 말이야. 다른 많은 사람들처럼 나도 행복하지 못한 삶을 살아왔다. 내가 벗어버린 무거운 배낭이라는 것은 바로 그 깨달음이었을까.

그리고 네가 그 절벽으로 올라왔다. 지는 해를 너와 함께 보고 싶었지만 네가 왔을 때 이미 사방은 어두워서 절벽 밑을 기어오르는 파도의 흰 윤곽만 어슴푸레했다. 그 벤치에 앉아 담배를 피워 물면서 우리는 많은 이야기들을 나누었다.

너는 말했어. 마음이 성장하지 못하는 것은 가장 큰 고통이었고, 그러니 이제 그 마음의 성장을 위해 어떤 고통도 감수하겠다고.

나도 그래, 하고 나도 입을 열었어. 어떤 이유로든 그 성장을 멈추어야만 했던 그 순간 그 에너지가 바로 나 자신을 파괴하기 시작했다고.

그래, 바로 자신을 파괴하는 무서운 힘에 나는 시달린 적이 있었단다. 그 말의 무서운 의미를 너는 이해했다. 너의 침묵이, 먼 불빛에 어슴푸레한 네 속눈썹의 떨림이 그걸 말해주고 있었다. 그런 말을 이해해주는 네가 고마웠다. 그건 무거운 삶의 배낭을 지고 가본 사람만이 알아듣는 언어라는 것을 나는 알고 있었기 때문이었다. 때로 그것은 생계의 무게이기도 하고, 때로 그것은 가족이 우리에게 주는 무거운 책임의 보따리이기도 하고, 때로는 남편이나 자식, 혹은 사랑, 그도 아니면 흔하게는 이별의 상처 같은 것은 아닐까 하고 너는 말했다.

더 어두워져서 서로의 얼굴도 구별할 수 없을 때쯤 우리는 그 언덕을 내려왔다. 우리가 묵은 호텔에는 불빛이 화사하고, 건너편 절벽에 있는 호화로운 호텔에서는 가든파티라도 열리는지 트럼펫 소리가 울려 퍼지더구나. 그 아련함, 그 멀고 멂, 그 낭랑함 때문이었을까. 방으로 돌아올 때까지 우리는 각자 생각에 잠겨 아무 말도 하지 않았다.

그리고 너는 먼저 잠이 들었다. 세수를 하고 오다가 자는 너의 얼굴을 내려다보며 나는 친구로서 네가 좀 쉬었으면 하는 생각을 했다. 홀로 맡아야 하는 너의 아이와 가족 그리고 생계의 무게에서 한시도 벗어날 수 없었던 너의 고통이 잠시 나의 머릿속을 스치더구나. 아침마다 전철역으로 뛰어가는 우리들 중 누가 그렇지 않겠냐마는 나는 마치 이 세상에서 너 혼자만 그 고달픈 생을 이어가고 있는 것처럼 가슴이 짠했던 거야. 왜냐하면 우린 이미 친구가 되어버린 거였으니까.

S야, 너를 보면 나를 보는 것만 같아. 이 연민도 병이라는 것을 내가 알아버린 지 이미 오래지만 그래도 이 밤 나는 폭풍조차 비켜가버린 이 제주 섬 한 귀퉁이에 앉아 생각해본다.

내가 잠시 동안만이라도 너의 휴식이 될 수 있기를……. 잘 자거라, 나의 친구.

부디, 네가 편안하기를 기원한다.

가만히, 고요하게 가만히

E에게.

너와 헤어져 돌아오는 길에 너의 슬픔이 내게로 묻어왔다는 생각을 했다. 사랑하는 사람을 잃는 슬픔……. 그래, 나도 그것을 안다고 너에게 무수히 이야기한들 무슨 소용이 있겠냐마는, 그래, 너보다 단지 몇 년을 먼저 살았다는 이유만으로 나는 그것을 안단다. 그래 아는 것이고, 그것으로 나는 너를 이해한단다.

그가 떠났다고 했지. 사소한 싸움이었고, 너는 그가 잘못했다고 하고, 그리고 그는 네가 잘못했다고 하고. 두 사람이 싸우는 모습이 눈에 보이는 듯도 하구나. 그것은 언뜻 귀엽게도 보였단다. 내가 웃는다고 너는 화를 냈지만 귀엽다는 것도 따지고 보면 무서운 일이란다. 모르는 산길을 오를 때 비로 무너져 내린 작은 갈림길에서 우리는 자칫 방향을 잃는 수가 얼마나 많았니. 그 귀엽고 작은 발걸음 하나가 사실은, 우리를 산속에서 하루 종일 헤매게 하는 결과를 초래할 수도 있지 않았니. 그 싸움은 아마도 너희 둘이 함께 마주 서야만 했던 갈림길이었는지도 모르겠구나.

너는 그를 잡았다고 말을 하지만, 자존심을 무릅쓰고 조금만 더 생각해보자며 그를 잡았다고 하지만 사실 너는 그를 잡은 것은 아니었다. 그가 떠나지 않기를, 그것도 지금 떠나는 것을 바라지 않았다면 너는 그에게 그냥 그렇게 말하면 되었단다. 떠나지 말아달라고 말이야. 더구나 지금은 떠나지 말라고…… 내게는 네가 필요하다고 말이지.

결국 그게 그 말이 아니냐고 너는 내게 물었지만 그건 아니란다. 자존심이라는 것은 마음에도 없는 말을 꾸며내는 것이 아니란다. 그래, 갈 테면 가라고, 소중한 것에게 소리치는 것이 아니란다. 자존심이라는 것은 자기 자신의 마음 깊은 곳에서 울리는 그 목소리에 귀를 기울이는 것이고, 그것을 그대로 상대방에게 전달하는 것이란다. 왜냐하면 네가 원한 것은 그가 떠나지 않는 것이었으니까 말이다.

그랬을 때 만일 그가 싫다고 하면 어떻게 하느냐고, 그러면 정말로 자존심에 심한 상처가 날 것 같아 두려웠다고 너는 말했지. 그러나 E야, 신기하게도 그런 말을 하는 사람은 거절당해도 결코 상처 입지 않는다. 너에게 상처를 입힐 수 있는 힘을 가진 인간은 오직 너 자신뿐이란다. 너는 마음에도 없는 말을 해서 결국 그를 떠나보낸 너 자신에게서 상처 입은 것이란다.

그래, 전화 걸고 싶겠지. 떠난 그가 안쓰러워서. 이제 와 생각하니 좋은 순간들도 많았으니까. 하지만 네가 물었을 때 나는 이렇게 대답해주고 싶었다. 그냥 가만히 있어보자고.

너희 둘의 만남을 지켜본 나로서는 그 말밖에는 해줄 수가 없었다. 왜냐하면 언제나 싸움의 언저리에서 참지 못하고 전화를 한 것은 너였으니까 말이야. 이것은 누가 먼저 전화를 걸고 안 걸고의 문제는 아니다. 그러니 이제는 지켜보는 수밖에 별 도리가 없구나.

한심한 말을 한다고 너는 화를 낼지도 모르겠구나. 언니는 언제나 지당도사 같은 말을 한다고 말이지. 하지만 이상한 일이다. 나 역시 지당도사들이 그렇게 말할 때는 시답지 않던 그 말들이 이제는 옳다고 믿어진다. 왜냐하면 그저 지켜본다는 일은 그렇게 쉬운 일이 아니며, 지켜보는 일처럼 일처리를 바르게 해주는 일이 없기 때문에 설사 가짜 지당도사들이 이 말을 수만 번 써먹었다 하더라도 내게는 하는 수 없는 일이기는 하다.

아마도 그는 그 싸움이 아니었더라도 가고 싶었거나 그도 아니면 마음에도 없는 말로 너와 너의 그를 상처 입히는 너에게 견딜 수 없는 미움이 치밀었을지도 모른다. 그러므로 전자의 경우라면 그는 네가 아무리 사과를 한들 돌아오지 않을 것이고, 후자의 경우라면 조금쯤은 생각할 시간이 지난 이후에 네게 돌아올 것이다.

가만히 있는 것. 가만히 있기로 하자. 그래, 가만히. 고요하게 가만히……. 나무들에서 꽃이 피어날 때, 혹은 이파리가 돋을 때 그것들은 소리 내지 않는다. 들꽃 하나도 자신의 꽃을 피우기 전에는 소리 내지 않는다. 들꽃이 꽃을 피운다고, 나무가 겨울을 이겨내며 힘들었다고, 지난겨울은 너무 추웠다고 말을 하지는 않지. 짐승들이 새끼를 낳기 전에 이제 나는 하나의 새끼를 낳는다고 소리 지르지는 않지. 신의 섭리에 묵묵한 그들은, 자연의 본성 자체인 그들은 소리 내지 않는다. 모든 창조는 고요한 것이며 그리하여 어느 날 그들을 발견하는 자에게 기쁨을 가져다주는 것이다. 그들이 밤새 소리 내지 않았기 때문에 그것은 때로 감동일 수도 있는 것이다. 그러니 E야, 제발이지 고요하기로 하자.

너무 많은 생각들이 일어나거든, 그 생각들이 그야말로 네 머릿속에서 폭발하도록 그저 내버려두렴. 흙탕물이 가라앉도록 홍수의 그 거칠고 품위 없는 물결이 너를 휩쓸고 가지 않도록. 소리 내는 물결은 마실 수 없다. 우리를 살찌우는 것은 조용히 떨어지는 작은 물방울들 혹은 소리 나지 않고 솟아 나오는 샘물이다.

그래, 이제 그만 인정하기로 하자. 더한 행복, 어떤 반전은 이제 그만 끝나버렸다고 때로 체념 속에 너를 맡겨보려무나. 이제 너는 고요 속에서 기다리는 일. 마음을 비우고, 마음을 맡기고, 생이 너에게 충분히 허락해서 익히고 있는 일들을, 그것이 익기 전에 따버림으로써 훼손시키지 말도록 하자. 그래…… 때로는 체념

할 줄 아는 인간이 아름다운 것이다.

내가 이런 말을 하는 것은 내가 누구보다, 지금의 너보다 더 고통에 익숙하지 못한 인간이었기 때문이란다. 해야 할 체념을 하지 못하고 지나온 그 많은 날들 때문에 내가 훼손시켰던 사람들.

그러니 이제는 체념과 기다림, 머리를 숙이고 바람의 결에 귀를 기울이자. 그러면 너는 들을 수 있을 것이다. 소음과 소란 속에서 듣지 못했던 작은 생명들의 속삭임. 벌레들 소리, 들풀이 바람에 흔들리는 소리, 작은 물방울이 중력과의 실랑이 속에서 떨어져 내리는 소리. 그리고 무엇보다 더 많은 자연들은 정말로 필요한 순간이 아니면 대개는 침묵하고 있다는 것을. 모든 짐승들 또한 고개를 숙이고 있잖니.

그리하면 아마도 너는 진정 너를 사랑할 수 있을 것이고, 그토록 귀중한 너만이 그에게든 아니면 다른 그에게든 사랑받을 가치가 있을 것이다. 그를 행복하게 해주기 위해 재잘거렸던 영특한 지혜를 이제는 너 자신을 위해 쓰렴. 네가 귀중해지면 누구든 네게로 돌아온단다. 그가 아니라면 더 귀중한 무엇이 돌아온단다. 이건 내가 약속할게.

너는 상처 입었다고 말했다. 그래 상처받았겠지. 상처 없는 영혼이 어디에 있겠니. 랭보의 말이 아니더라도 누구든 한 인간의 가슴속을 열어보면 우리는 숯불처럼 아직도 거기서 자글거리고 있는 그 빨간 상처들을 만나게 된단다. 그 상처들을 바라보렴. 모두가 버림받을까 봐 두려워하고 있단다. 남자들의 경우는 특히 더 심하지. 다만 그들은 조금 더 조용히 두려워하고 있을 뿐이란다. 하지만 섣불리 손을 내밀어서는 안 된다. 그건 서로가 손을 데는 결과만 초래할 뿐이지.

E야, 막 서른을 바라보며 이제 그렇게 막, 생이 두려워진다고 너는 말했지. 그래, 삶은 두려운 것이란다. 하지만 들여다보아야 한다. 깊은 밤중 산속에서 무서운 것을 얼핏 보았을 때 그것이 무섭다고 고개를 돌리는 자에게 무서움은 영원한 것이지만 그것을 똑똑히 들여다보면 사실 그것은 나뭇가지이거나 바위이거나 하단다. 두려워하지 마라. 삶은 너를 안전하게 해줄 거야. 다만 거기에는 조건이 있단다. 자기 자신을 위해 애쓰는 사람에게만, 이라는 단서가 붙는단다. 사실은 이것이 두렵다는 생각을 나는 요즘 하고 있단다.

장마철에 먹는 거 조심하고 담배 조금만 피우렴. 그래, 또 뭐라는구나. 그래, 그래. 그러면 담배 마음껏 피우고 다만, 네가 이 힘든 인생의 한 길목을, 누구 때문이 아니라 바로 너 자신을 위해서 부끄럽지 않게 넘기를 기원한다.

4

—

내 마음속의
울타리

내 마음속의 울타리

얼마 전 우연히 부부들의 모임에 갔다가 자신의 남편에게 꼬박 꼬박 존대어를 쓰는 여성을 만나게 되었다. 대개는 남편이 자신보다 좀 나이가 많더라도 얼마간의 세월을 함께 보낸 뒤에는 반말투를 쓰는 게 친근하게 느껴지기도 하고 또 예사로운 일이기도 해서 나는 그녀에게 무심코 그 이유를 물었다.

"남편이 저보다 나이가 한 살 적어서요."

그녀는 머뭇거리다가 대답했다. 연상의 여자와 연하의 남편이라는 사실이 조금 쑥스럽기도 한 듯했다. 처음에 나는 그 말이 무엇을 의미하는지 금방 알아들었고 곧 고개를 끄덕였다. 하지만 그녀의 대답은 잠시 후 나로 하여금 생각에 잠기게 만들었다.

만일 남자가 연상이었다면 어땠을까 하는 생각 말이다. 정말 여자가 연상이라는 사실이 존대어를 써야 하는 이유일까. 더구나 그녀의 남편은 아주 편안하게 반말투로 이야기하고 있지 않은가 말이다. 여자가 나이를 먼저 먹는 것도 일방적으로 존대를 해야 하는 이유가 되는 것일까.

그 무렵 나는 소설가가 된 나를 찾아낸 한 초등학교 동창을 만나게 되었다. 그를 만나러 가는 길에 나는 거의 20여 년 만에 만나게 될 그와의 추억을 떠올렸다. 아마도 우리는 아홉 살이었을 것이다. 반고수 머리카락이 이마 위에서 가볍게 나풀거리고 검은색의 반바지에 무릎까지 오는 흰 반스타킹을 신고 다니던 그는 내가 이 세상에 태어나 처음으로 어렴풋하게 느껴보던 남성(?)이었다.

어느 날 선생님은 흰 성적표 꾸러미를 들고 교실로 들어와 말했다. "지금부터 등수대로 성적표를 나누어주겠다."

세상에 태어나 학교를 다닌 지 겨우 일년 남짓 지난 초등학교 2학년생인 우리들이었지만 이미 그런 식의 대우에 익숙해 있었으므로 괴로움을 표시하는 작은 탄성을 질렀을 뿐 얌전히 차례를 기다리고 있었다. 문제는 내가 어떤 소년을 특별한 감정을 가지고 바라보기 시작했다는 것이었는데, 그날 내가 특별하게 느끼던 바로 그가 나보다 한참 더 뒤에야 성적표를 받는 걸 보고 나는 놀랍게도 걱정에 사로잡히기 시작했던 것이다.

자기보다 더 등수가 높은 여자아이를 그 소년은 분명히 좋아하지 않을 거라고, 아마도 나중에 우리가 큰 다음에 결혼해주지 않을지도 모른다고 나는 생각했다. 무엇이었을까, 아홉 살 먹은 나로 하여금 내가 좋아하는 남자가 나보다 공부를 못한다는 사실을 두렵게 만들었던 것은 겨우 아홉 살 나던 그해에 나는 여자로서의 내 운명(?)을 걱정하고 있던 것일까?

어쨌든 서른 살이 넘어 마주 앉은 우리는 그날 만난 자리에서 많은 이야기를 나누었다. 헤어질 무렵이던가, 이제는 두 아이의 아빠인 그가 웃으며 나에게 말했다

"아홉 살 때 너를 내가 좋아했던 거 아니? 나보다 공부 잘하는 네가 참 예뻐 보였어."

여성 문제를 다룬 소설을 한 편 발표한 이후로 마치 내가 무슨 여성 문제 전문가나 되는 것처럼 많은 질문을 받는다. 사실 나는 그저 대한민국의 보통 여성들만큼의 성차별 의식을 가지고 있을 뿐이어서 늘 곤혹스럽지만, 원래 남의 일도 내 일처럼 열을 내며 끼어들기를 좋아하는 이상한 성질을 가지고 있는 터라 나는 그때마다 있는 생각, 없는 지혜를 짜내서 그들과 이야기하곤 했다. 하지만 이야기가 끝나고 나면 사실은 그저 허탈했다.

거의 날마다 계속되는 남자의 구타에 못 이겨 집을 뛰쳐나온 여성이나, 아이를 키우는 일을 남편이 조금도 거들어주지 않아 힘겨워하는 여성이나 언제나 이야기 끝엔 이런 말을 달곤 했다.

"그래도 내가 참아야 되는 거 아니었을까요. 내가 여잔데……"

물론 나는 그들을 비난할 수 없었다. 남의 잘못을 이야기하기

전에 먼저 자기 자신을 반성해보는 그 아름다운 마음을 비난은 커녕 다독여주어야 한다는 것도 알고 있다. 그러나 언제나 돌아서서 나오는 길이면 머리가 개운치 않았다.

그것은 나를 들여다보는 일이었기 때문이었다. 세미나 시간이나 토론회장, 그도 아니면 강연장에서 남자와 여자의 동등함을 소리 높여 이야기하면서도 남자에게 집안 청소와 빨래와 설거지의 분담을 요구할 때마다―물론 그의 앞에서는 당당하고 당당하지만―돌아서서 드는 생각들……. 나는 여자고 그 사람은 남자인데 내가 이렇게까지 요구해도 될까 하는 생각, 아니야, 이런 요구는 당당하고 옳은 일이야 하는 생각들이 늘 머릿속에서 뒤죽박죽되었기 때문이다.

남편보다 나이가 많아도 죄스럽고, 남자보다 공부를 잘해도 걱정이고, 함께 일하는 처지에 가사를 분담하자는 생각도 자꾸만 머뭇거려지면서, 걸핏하면 자신의 아내를 때리는 폭력범으로부터 탈출한 것도 인내심의 결여인 것처럼 느껴지는 우리들의 공통점은 어디서 온 것일까.

아이가 울면 배가 고픈가 보다 생각한다. 친구가 갑자기 연락을 끊으면 내가 혹시 잘못을 한 건 아닌가 생각한다. 나아가서 당당하게 요구하지 않는다면 우리들은 그저 우리들이 만들어놓은 울타리 속에 웅크린 채 피해받는 여성일 뿐이다. 그리고 그저 피해받는 여성에게 돌아오는 것은 동정심밖에 없다. 우리가 남성들에게 원하는 것은 동정심은 물론 아니다. 그러므로 남성들과 진정한 동료로서 손잡기 위한 첫 발걸음은 우리들 가슴속에 견고하게 둘러쳐진 울타리를 넓히는 일이며, 그도 아니면 부수는 일일 것이다. 아홉 살 먹던 그때부터 울타리는 이미 내 가슴속으로 들어와 있지만 나는 이제 그것을 뛰어넘어본다. 아직 너무 늦지는 않았을 것이니까.

이 땅에서 여성으로 산다는 것

'대한민국에서 여성으로 산다'는 문제에 대해서 한 번이라도 생각해본 일이 있는 사람이라면 누구나 그렇듯이 나 역시 어린 시절부터 여성으로 산다는 것의 힘겨움에 대해 많은 생각을 해 왔다. 집안이 꽤 보수적인 유교 집안이었던 것도 큰 영향이었다. 대학을 졸업할 무렵에는 여자 친구들과 텅 빈 학교 식당 구석에 모여서 마치 음모를 꾸미는 것처럼 쑥덕거리며 앞으로 여성들을 위해서 우리가 어떤 일을 할 수 있을까에 대해서도 꽤 진지하게 논의하기도 했으니까 말이다.

하지만 진심을 이야기하자면, 내가 진정으로 '이 땅에서 여성으로 산다는 것'에 대해서 고민하기 시작한 것은 90년대 이후의 시간들이었다. 더 솔직하게 털어놓자면, 행복하게도 나는 그 이전까지는 여성으로서가 아니라 어쩌면 '독재자에게 핍박당하는 가련한 민중으로서' 살아왔다. 하룻밤이 지나고 나면 누군가가 끌려갔다는 소문이 들리고, 그러고 나면 젊은 친구의 장례식장으로 향해야만 했던 우리들에게 남녀의 문제를 가른다는 건 어쩌면 사치였다. 하지만 90년대가 지나면서 상황은 많이 바뀌었다.

허탈한 남자들은 거리의 시위 현장과 노동 현장에서 돌아와 비로소 우리를 여자로 바라보기 시작했다. 나에게는 한 번도 가해지지 않으리라 생각했던 성적인 농담들이 모욕감으로 밀려들기 시작하던 무렵이었다. 하지만 그것이 단지 농담으로만 끝났다면 크게 문제될 일은 없었으리라.

그때 내 나이 서른이 가까워지고 있었고 나와 학생 식당 구석에서 음모를 꾸미며 낄낄거리던 친구들조차 갑자기 닥친 여성으로서의 삶에 당황하던 무렵이었으며 나로 말하자면 일상의 나날들이 온통 여성 문제로만 이루어지고 있다고 해도 과언은 아니었다. 그건 더 이상 식당 구석에서 낄낄거려가며 음모를 꾸미는 것으로는 도저히 해결될 수 없는 일이라는 걸 이제 모르는 친구는 없었다. 놀랍게도 서른이 다 되어서 우리는 처음으로 '여성으로서의 삶'에 부딪혀본 것이었다. 말하자면 도무지 어쩔 줄을 모르고 있던 것이었다.

여성 문제에 대해서 소설을 한번 써보자고 마음먹었던 것은 그 무렵이었다. 하지만 생각은 생각이었을 뿐이고 전혀 가닥이

잡히지 않았다. '여성의 전화'에 나가 취재를 하고 여성 문제를 다룬 잡지를 구독하고, 주부들이 자주 다닌다는 정신과 의사들을 만나고, 여성학 논문들을 읽어보았지만 상황은 조금도 나아지지 않았다. 거의 2년 동안을 나는 글 한 줄 발표하지 못하고 그저 낑낑거리고 있던 것이었다.

하지만 우리 집의 전화벨은 바쁘게 울려댔다. 혼자 살고 있어서였는지 이제 서른이 다 된 나이에 마치 소녀처럼 어쩔 줄 모르고 '여성으로서의 삶'을 살아가는 친구들과 후배, 선배 들의 울먹이는 소리가 밤마다 전화벨 속으로 밀려들었다. 하지만 나는 한 번도 그들의 삶을 글로 엮어보겠다는 생각은 한 적이 없었다. 그건 너무나 개별적인 이야기들이었으니까 말이다.

그러던 어느 날, 아예 여성 문제에 대한 글쓰기조차 포기해버리고 바람이나 쐬러 오라는 선배의 충고대로 경부선 열차를 타고 부산으로 향하던 나는 불현듯, 왜 우리들 주변의 이야기를 진지하게 써볼 생각은 하지 않았을까 생각했다. 생각해보니 너무나 개별적인 그 이야기들 속에 너무나 보편적인 공통점이 숨어 있었다. 말하자면 우리는 여성으로서 서로 닮은 상처들을 가지고 있었던 것이다.

부산에서 돌아온 나는 그 자리에서 글을 써 내려가기 시작했다. 나로서는 어떻게 2년 동안이나 글을 쓰지 않고 살았나 의구심이 들 정도로 놀라운 속도로 글이 쓰이기 시작했다. 쓰면서 나는 또 깨달아가고 있었다. 내 속에 이토록 많은 분노가 숨겨져 있구나, 우리는 얼마나 오랫동안 정작 화를 내고 싸워야 할 것에 대해 덮어두고 살았나 하는 생각들, 남성들의 부당한 행동은 물론 여성으로서의 나 자신을 나는 얼마나 오래 나태하게 내버려두었나 하는 생각들이 타이프를 치는 내 손을 정신없이 바쁘게 만들었다. 어린 시절의 사소한 기억들, 어머니에 대한 연민, 할머니에 대한 기억들도 생생히 되살아났다. 사소한 것들이라고 쉽게 말해버리던 그 갈등들 속에 든 거대한 무엇이 나와 친구들을 깊은 밤까지 수화기를 붙들고 울게 만들었는지 나는 조금씩 느껴가기 시작했던 것이었다. 나는 미친 듯이 글만 써댔다.

『무소의 뿔처럼 혼자서 가라』는 그렇게 석 달 동안 거의 두문불출하다시피 해서 완성된 글이었다. 하지만 나는 그것이 결코 석 달 동안의 작업이었다고는 한 번도 생각해본 일이 없었다. 그것은 나와 친구들의 30년과 나의 어머니의 60년과 할머니의 60년과 할머니의 할머니의 생애가 걸린 그 세월의 결과였다.

지금도 생각나는데 글을 마치던 날 새벽 5시엔 비가 내리고 있었다. 겨울비였다. 부끄러운 고백이지만 푸르스름한 새벽 창가에서 차를 끓여 천천히 마시면서 나는 몹시 울었다. 그런 경험은 처음이었다. 물론 내 글이 슬퍼서가 아니었다. 어쩔 수 없이 나는 나의 어머니를 생각하고 있었던 것이다. 그 어머니의 어머니, 그 어머니의 어머니들의 삶이 90년대를 몸부림치며 살아가고 있는 내 소설 속의 주인공들을 배경으로 선명하게 떠오르고 있었기 때문이었다. 그러므로 내가 이해할 수 없었고 때로는 귀찮아하기까지 했던, 격동의 세월을 살아온 후, 이제는 다만 치매증에 걸려버린 나의 외할머니, 호적에 올릴 이름조차 없어서 박아지라는 서글픈 이름을 가진 나의 외할머니에게 내가 책을 바치고 싶었던 것은 지금 생각해보면 너무도 당연한 일이었다. 왜냐하면 만일 여기서 우리가 진정한 싸움 없이 섣부른 화해를 해버린다면 그녀가 바로 우리들의 미래가 될 거라는 생각이 들었기 때문이었다.

그것은 이 땅에서 여성으로 산다는 것에 대해 고민해본 이라면 알 일이었다. 끝내는 함께 가야 하는 길을 걸으면서도 우리가 왜 무소의 뿔처럼 혼자서 가야만 한다고 말해야 하는지를.

식탁 대신 나만의 책상을

얼마 전 친구가 새로 이사 갔다는 아파트를 방문한 일이 있다. 한국에서 결혼을 한 다른 삼십 대처럼 새로 지은 신도시의 '32평형'에 입성한 것도 아니고 그저 열몇 평짜리 작은 아파트일 따름이었지만 그녀의 기쁨은 누구보다 큰 듯했다. 결혼 9년 동안 일곱 번의 이사를 다닌 끝에 마련한 새 집이니 기쁨이 어련할까 하는 생각도 했지만 그녀의 기쁨은 정작 다른 곳에 있었다.

집에 들어가 별로 둘러보지 않아도 다 보이는 거실이며 부엌을 구경하고 나자 그녀가 내 손을 끌어당겼다. 따라가 보니 작은 아파트의 한 구석, 다른 사람 같으면 의당 식탁을 놓았을 자리에 놓인 것이 보였다. 낡은 책상이었다. 의아해하는 내게 친구는 이 집에 이사 오면서 무엇보다 남편에게 자신의 책상을 가지겠다고 선언했고, 그래서 남편과 상의 끝에 식탁을 포기하고 책상을 선택했다는 것이었다.

중고가구점을 사흘이나 헤맨 끝에 골랐다는 그 책상은 낡았지만 튼튼해 보였고, 그 위에는 어려운 살림을 알뜰히 살아내고 난 후 산 예쁜 탁자보가 놓여 있었다. 자리에 앉아 책상 서랍을 열어 보여주는 그녀의 얼굴에는 기쁨이 넘쳐 보였다.

"난 너무나 오래 나를 잊고 살았어. 이젠 여기서부터 다시 시작할 거야."

처음 책상을 가져본 어린 시절의 기억을 누구나 가지고 있을 것이다. 위로 나이 차이가 좀 지는 언니와 오빠가 있는 나는 어렸을 때 책상을 가지지 못했다. 늘 두 사람의 공부방에 들어가면 책상에 나란히 앉아 있던 언니와 오빠의 모습이 보였다. 아직 학교에 들어가기 전이었지만 나는 그들의 모습이 그렇게나 부러웠다. 그건 뭐랄까, 독립된 인간의 모습 같았고 내가 감히 범접할 수 없는 자기만의 세계가 그 책상 주위를 둘러싸고 있는 듯했다. 더구나 언니나 오빠는 그 책상 앞에다 '인내는 쓰나 그 열매는 달다'라든가 '나보기가 역겨워 가실 때에는……' 같은 따위의 경구나 시가 적힌 글들을 붙여놓곤 했는데 겨우 한글만 깨친 나는 마치 그들이 무슨 거대한 철학적 문구라도 지어낸 것처럼 위대해 보였으니까.

그리고 초등학교에 입학한 내게 어머니가 책상을 주셨다. 물론 의자가 딸린 그럴듯한 책상은 언니와 오빠의 차지였고, 내 것은 언니와 오빠가 쓰던 것 중에서 덜 낡은 것이 배당되었다. 낡았지만 새로 니스 칠을 한 것이었다. 막내아이로서 언니나 오빠가 쓰던 것을 물려 쓰는 것에는 이력이 난 터여서 나는 별 불만이 없었다. 오히려 나무로 깎은 그 책상에 칼이나 볼펜으로 새겨져 있던 암호 같은 글씨들을 보며 언니나 오빠의 비밀을 추측해보는 것이 더 재미도 있던 것 같다.

내가 책상을 가지고 제일 먼저 한 일은 책꽂이에 동화책을 꽂는 것도, 책상 서랍 속에 잘 깎은 연필을 숨겨놓는 것도 아니었다. 뜻밖에도 내가 제일 먼저 한 일은 용돈을 모아서 과자나 땅콩을 사다가 책상 서랍 속에 감추어두는 일이었다.

무슨 뚱딴지같은 소리냐고 반문하는 사람을 위해 부연설명을 하자면 그때 우리집에는 나이가 언니와 별로 차이 지지 않는 외삼촌이나 이모 또는 작은아버지가 자주 드나드셨는데 그분들은 언제나 밤에 오셔서 우리에게 한턱을 낸다고 용돈을 주셨다. 그러면 그 밤에 과자나 오징어나 땅콩을 사러 가는 것은 막내인 내 몫이었다. 나는 그 귀찮음을 줄이기 위해 '미리 알아서' 여러 품목을 준비해두고 그것을 가게에서 산 것보다 좀더 '이익을 붙여' 파는 장사를 시작했던 것이다. 물론 이 일은 한두 번 시도하다가 어머니에게 발각되고 난 후 모든 물품을 압수당해 언니와 오빠에게 '자발적으로' 나누어주고 나서 바로 그쳤지만 말이다.

그러고 나서 나의 책상에는 비로소 책과 공책과, 그리고 연필이 놓여졌다.

그 책상이 의자가 딸린 신식 책상으로 변하고, 지금은 화려하지는 않지만 수수한 책상을 거의 10년째 써오고 있다. 다행히 글을 쓰는 직업을 가지고 있어서 나만의 책상을 한 번도 포기하고 살아본 적은 없기에 나는 결혼과 더불어 자신의 책상을 친정에 놓아두고 떠나온 친구들의 아픔을 한 번도 생각해보지 못한 것이었다. 그들은 결혼을 하고 거의 10년이 다 되도록 책상 앞에 호젓이 앉아 일기 한 줄 써볼 여유도 없었던 것이다. 새삼 그 친구가 살아온 힘든 세월이 내 눈앞에 보이는 듯했다.

그 세월이 주는 타성에 굴복하지 않고 식탁 대신 자기만의 책상을 놓겠다고 '감히 주부의 신분으로서' 선언한 나의 친구, 그로 인해 밥상을 나르는 수고를 도맡게 된 그녀의 남편에게 새삼 뜨거운 우정을 느꼈다.

서른두 살 주부의 첫 직장

J가 남편을 따라 유학을 떠난다고 했을 때부터 나는 실망감을 감출 수가 없었다. 열렬한 연애 끝에 아직 학교를 다 마치기도 전에 결혼을 한 J였지만 사실 그녀 자신에게 유학을 떠날 절실한 동기가 있는 것은 아니었다. 아이들이 수다를 떨며 말하는 대로 '떨어져 있기 싫어서 가는' 그런 유학이라고 처음엔 생각했으니까 말이다. 아니나 다를까 미국으로 간 그녀에게서 편지가 점차 뜸해지기 시작했고 어느 날엔가는 드디어 학업을 포기하고 남편의 학업을 돕기로 했다는 편지가 날아들었다. 나는 그리 놀라지도 않았다. 그런 절차야 이제 주변에서는 너무 흔한 것이기 때문이었다.

세월이 흘러갔다. 가끔씩 귀국할 때면 우리는 고등학교 때부터 드나들던 이대 앞 오리지널 튀김집에 가서 오징어 튀김도 먹고 그린하우스에 가서 팥빙수도 먹고 빠리다방에서 커피도 마시면서 옛날이야기들을 줄창 해댔지만 J는 그리 좋아 보이지는 않았다. 생계가 어려워 그녀는 거기서 조그마한 가게를 내고 있는 모양이었다. '뮤직 비디오 숍'이라고 했다. 미국 발음으로 들으니 그럴듯했지만 결국 우리말로 하면 비디오 가게가 아닌가. 그녀 앞에서는 내색하지 않으려고 애썼지만 나는 몹시 우울한 기분이었다. 고작 미국까지 따라가서 그렇게 영특하고 그렇게 지혜롭던 그녀가 할 수 있는 것이 비디오 가게였던가 싶었던 것이다. 물론 지금에야 다른 생각이지만 그때는 울컥 그런 생각이 들었다.

그리고 또 세월이 지나갔다. J가 아이를 낳았다는 소식이 들려오고, 그리고 서른이 넘으면 그렇듯 우리들은 만나면 길게 이야기하지 않아도 알게 되었다. 여자로서 엄마로서 살아가는 일의 고달픔, 상처 그리고 자기 회한을 말이다. 나는 한국에 있고 그녀는 미국에 있지만 그 차이는 크지 않은 듯했다.

그리고 이제 주변엔 J처럼 자신을 포기한 친구들이 너무나 많아서 차라리 그녀처럼 살지 않는 것이 이상하다고 느껴질 무렵 J는 내게 뜻밖의 편지를 보내왔다. 서른두 살의 나이로 생전 처음 취직을 했다는 것이었다. 그런데 그 취직이라는 것이 눈물겨운 것이었다. 남편이 공부를 마치고 자리를 잡고 나자 그녀는 비디오 가게를 정리했고, 그러고 나서 정말로 진지하게 자신의 삶을 생각해보았다고 했다. 하지만 이미 아이가 있고 또 아이가 없다 해도 그녀는 자신이 학문에 대해 별 열정도 재능도 없다는 것을 냉정히 검토하고 나서 집에서 비행기로 두 시간 걸리는 로스앤젤레스로 나가서 컴퓨터 전문가 단기 양성소에 등록을 했다는 것이었다.

하지만 미국이라는 사회가 아무리 여성 고용에 대해 관대하다 하더라도 이미 서른둘인 나이에 경력은 전무하며 게다가 애까지 딸린 노란 얼굴의 동양 여자를 채용해줄 리는 없었다. 하지만 그녀는 용기를 잃지 않았다. 마침 국내의 한 제과 회사에서 그녀가 살고 있는 시애틀에 지사를 차리게 되었다는 소식을 들었다고 했다.

그녀는 달려가 원서를 냈다. 경력이 많은 컴퓨터 전문가들이 몰려들었다. 그녀가 합격할 가망은 거의 없다고 해도 좋았다. 하지만 그대로 물러설 수는 없었다.

그녀는 면접시험에서 자신의 처지를 솔직하게 이야기했고 뜻밖에도 그것이 상사의 호감을 샀다고 했다. 경력만 가지고 적당히 농땡이 치려는 부하 직원에게 한번 덴 일이 있는 상사를 만났다는 것이 행운이라면 행운이었겠지만…….

얼마 전 봄에 나는 귀국한 그녀를 만났다. 약속 장소에서 기다리고 있는데 멀리서 그녀가 걸어왔다. 우리가 만난 지 벌써 몇 년이나 지나긴 했지만 그때 나는 사실 그녀의 얼굴을 알아보지 못할 뻔했다. 그녀는 아주 달라 보였다. 지난번 보았을 때보다 예쁜 옷을 입고 있고 예쁜 귀걸이를 달고 있기 때문인지도 몰랐다. 하지만 나는 새삼 깨달았다. 언제부터인가 그녀의 얼굴에서 무언가 사라졌던 것—나는 그것이 단순히 세월 탓인 줄만 알았던 것이다—그것은 뭐랄까, '빛' 같은 것이었는데 이제 그것이 그녀의 얼굴에 다시 나타난 것이었다.

"이제 회사 취직한 지 일 년, 이번에 한국 나오는 휴가 받는 데 애를 좀 먹었어. 하지만 이제 일도 능숙해졌고. 아침마다 우는 애를 한국 할머니에게 맡기고 출근하려면 어떤 때는 내가 꼭 이렇게까지 해야 하나 생각도 들지만 나는 이제 다시는 내 일을 놓치지 않을 거야. 이제 나는 돈을 벌어. 남편하고 어떻게 된다 해도 나는 자립할 수 있는 거라구. 내게 자립할 능력이 생겼다는 사실 하나가 남편하고 싸울 때도 나를 얼마나 당당하게 하는 줄 아니? 그리고 남편하고 싸울 때 당당하다는 이 느낌이 인생을 얼마나 달라지게 하는 줄 너는 아니?"

물론 나는 모른다. 하지만 나는 빛나는 그녀의 얼굴을 보는 것만으로도 행복했다. 아아, 우리 나이에도 이런 희망이 있을 수 있구나 하는 생각도 들었다.

"난 이제 내 수입의 30퍼센트는 오로지 나만을 위해 쓰기로 했어. 남편도 아니고 자식도 아니고 오로지 나를 위해서, 내가 이제껏 구박했던 나 자신을 위해서……. 그래서 예전에 망설였던 연극도 보고 음악회도 가고 책도 많이 사고 게다가 이렇게 귀걸이도 샀단다. 어때? 어울리니?"

짧은 한나절의 해후를 마치고 그녀와 나는 또 총총 헤어졌다.

이제 헤어지면 또 한 일 년이나 이 년쯤 있다가 우리는 다시 만나게 되겠지만, 나는 헤어진다는 서운함보다 왠지 모를 설렘에 들떠 있었다. 그건 이런 말이 내 마음속에서 풍선처럼 부풀고 있기 때문이었다.

J야, 네가 내 친구라는 게 왜 이렇게 자랑스러운 거니?

또 다른 선택

　대학 시절에 나에겐 늘 붙어 다니던 네 명의 친구가 있었다. 가끔 생각해보면 미소를 짓게 하는 그런 친구들이었다. 전공이 같은 것도 아니었는데 도서관이나 문학 동아리에서 서로 알게 된 우리들은 이내 의기투합하여 언제나 함께 붙어 다녔다.

　우리는 방학 때면 어김없이 배낭을 싸가지고 여행을 떠나 거의 전국을 싸돌아다녔다. 바다, 산, 그리고 이름 없는 절. 싸구려 여관방의 연탄 화덕이 꺼진 방에서 추위 때문에 오들거리며 떨던 기억들. 그도 아니면 이상한 남자들 때문에 빗장이 허술한 여관방 문 앞에서 한 사람씩 교대로 보초(?)를 서던 무시무시한 밤의 기억들. 학생 신분이니 돈이 넉넉할 리가 없는 터라 서울로 올라오던 버스에서 우리들은 으레 빈털터리가 되어 있었다. 그러던 어느 날인가는 휴게소에 내려 화장실에 다녀오는데 그 매점에서 파는 핫도그가 얼마나 먹고 싶던지 그야말로 손가락을 빠는 기분으로 그 자리에 서 있는데 내 옆에 있던 친구 하나가 말했다.

"우리, 이담에 돈을 벌면 서울로 올라오는 휴게소에서 저 핫도그를 실컷 먹자."

지금도 우리는 그 옛날이야기를 꺼내며 모두 배를 잡고 웃지만 그때는 사실 처량하기도 했다.

우리는 또 금요일 오후에는 남은 오후 수업을 모두 팽개치고 즉석에서 여행을 떠나기도 했다. 돈을 모아 신촌 시장께서 김밥과 컵라면을 사가지고 마장동으로 달려가면 언제나 새터로 가는 버스가 기다리고 있고, 우리는 거기에 올라 새터로 떠났다. 지금이야 러브호텔과 레스토랑과 횟집이 즐비한 유흥가의 모습을 하고 있는 새터이지만 그때만 해도 먼지 나는 신작로를 따라 한참을 걸으면 강물이 흐르는 방갈로가 있고 우리는 이미 해가 져버린 밤의 강가로 손에 손을 붙들고 나가곤 했다. 우리는 거기서 밤 강물이 어둠 속으로 흘러가는 소리를 들었다. 자기가 좋아하는 시집을 가지고 가서 밤새 낭송하기도 하고 소주도 홀짝거리면 어느새 창밖이 푸르스름했고 우리는 와와 다투어 새벽 강가로 나갔다. 강물은 깨어나 재잘거리며 흘렀다. 강을 지켜본 사람들은 알리라. 아침이면 강물이 어떻게 깨어나는지를.

여행뿐이었을까. 한 친구네 집에서―물론 거의 우리 집이었지만―밤을 새워 라면을 끓여 먹으며 무슨 이야기를 그렇게 많이 해됐는지, 그러고는 함께 학교로 와서 점심시간이면 어김없이 또 그 친구들을 기다리고, 그리고 또 헤어지기 아쉬웠던 친구들…….

그 다섯 명 중 넷은 서른이 넘은 지금 모두 아이들의 엄마가 되었고 나머지 한 명은 학교에 남아 강사가 되고 유학을 준비하고 있다. 얼마 전엔 한 친구가 아이를 낳은 병실에 다녀오다가 눈물이 핑 돌았던 기억도 있다. 난 그 친구가 임신했다는 소식을 듣고는 아이를 낳은 병원에서야 겨우 그녀를 본 것이었다. 나는 그녀가 아이를 가진 모습을 결국은 보지 못하고 만 것이었다.

하기는 결혼을 한 후 친구들은 모두 서울이 아닌 '수도권'에 살고 있다. 나이 서른, 나쁜 일을 하거나, 기가 막히게 운이 좋거나, 부모의 큰 유산을 물려받지 않는 한, 서울에 집을 얻기가 그리 쉬운 일이던가. 그 다섯 중에 서울특별시 시민이라고는 두 친구뿐이었으니, 그것도 남쪽과 북쪽의 변두리에 말이다.

우리는 이제 여행길에서 돌아오는 길에 핫도그를 열 개 사 먹을 수 있을 정도로 여유가 있지만 한 번도 함께 여행을 떠나보지는 못했다. 여행이 다 뭔가. 우리들은 처음에는 기를 쓰고 서너 시간씩 차를 타고 가서 서로의 얼굴을 보았으나 얼마 후 그것마저 무너지고 서로 그저 전화 연락만 하며 지내고 있는 참이다

잘 있니? 그래, 잘 있어. 애기도 잘 크지? 그래……. 잘 지내라. 그래, 너도 잘 지내라. 친구들을 떠올리면 삼십 대 초반의 삶은 우울하기만 한 것 같았다.

하지만 친구들은 남편의 친구들 모임에는 세 시간이 넘는 거리를 달려서라도 참석한다는 이야기를 들었다.

남편들이 한때 친한 친구였다는 사실 외에는 어떤 공통점도 없는 여자들이 둘러앉아 남편들의 학창 시절과 군대 시절의 이야기를 듣고 있노라면 가끔 거기에 앉은 여자들끼리 눈이 마주치곤 하는데, 친구들은 거기서 어떤 서글픔을 발견하곤 한다고. 만일 우리들 여자들의 모임에 이런 식으로 남편들을 데리고 와서 우리들의 옛날이야기만 한다면 남편들은 어떤 얼굴을 할까 하고 말을 전하며 친구는 웃었다. 만일 우리 여자 친구들이 여기에 모여 있다면 우리들도 할 말이 많은데, 아주 많은데 말이다.

그러던 어느 날 나는 다섯 명의 우리들 중 아직 결혼을 하지 않은 유일한 친구가 곧 유학을 떠날 거라는 이야기를 듣게 되었다. 언제부턴가 아이 이야기, 남편 이야기를 하는 우리들의 자리에 그 친구는 점점 얼굴을 내밀지 않았고, 우리들은 오지 않는 그 친구의 빈자리를 바라보면서 그저 그 친구가 빨리 시집을 가주기만을 바랐다. 어쩌면 우리는 이렇게 이야기하고 싶었는지도 모른다.

그 친구가 빨리 우리들처럼 되기를 바라.

어렵게 유학을 떠난다는 그 친구의 소식을 들으면서 나는 문득 그 친구에게 미안하다고 말하고 싶다는 생각을 했다.

시집을 끼고 앉아 사회와 역사를 이야기하던 우리들의 입이 이제 '내 남편과 내 새끼들'의 이야기만을 하는 동안 그 친구는 독신들이 모인 다른 동아리로 자신의 삶을 이전시켜나갔던 것이다. 그러니 우리들의 모임이 그 친구에게는 얼마나 재미없었을까. 그러고도 우리는 오지 않으려는 그 친구만 야속해했던 것이다.

사람이, 더구나 여성이 독신의 길을 택할 수 있다는 걸 누구보다도 잘 알고 있다고 말하면서도 나는 사실 그 친구에게 보이지 않는 폭력을 휘두른 것은 아닐까 하는 생각이 들었다.

마치 군대 이야기를 하는 남자들 틈에 앉아 있던 내 모습처럼, 그도 아니면 자신들의 옛 학창 시절을 이야기하던 남편들을 바라보고 있던 여자들처럼 그 친구는 외로웠을 것이라는 생각. 다른 것은 그저 다를 뿐인데 마치 열등한 것처럼 느끼게 한 것은 아니었을까 하는 생각.

나는 오늘 시내에 나가 그 친구에게 줄 선물을 하나 샀다. 참으로 오랜만에 골라보는 시집이었다. 그리고 그 시집 앞 장에 이렇게 써보았다.

"너의 선택에 박수를 보낸다. 우리들이 가지 못하는 길을 걸어가는 네가 더 큰 길로 향하는 모퉁이에서 우리들과 기쁘게 만날 것을 믿는다.

네가 귀국하면 우리들 함께 여행 갔다가 오는 길에 핫도그 많이 먹자!"라고.

아기를 낳는 것이 진정한 축복이 되도록

지난가을 아이를 낳고 나서 나는 몹시 멍해졌습니다. 일전에 어느 선배 분에게 내 내장이 무중력 상태의 세계 속으로 온통 둥둥 떠다니는 것만 같은 기분이라고 말씀드렸을 때 인생의 선배이시기도 한 그분은 아이를 낳고 허해졌을 거라고 위로를 해주셨지만 나는 위로받지 못했습니다. 그 말을 내뱉는 순간 나의 입도 어디론가로 둥둥 떠가고 있는 듯한 환상이 머릿속을 스쳤기 때문이지요.

닥쳐오는 마감 날짜마다 붉은 줄로 ×표를 그려놓고 나는 혼자서 그 시간이 가기를 기다렸더랬습니다. 내게 원고를 청탁한 그분들의 고초, 그분들의 괴로움을 모른 척하기 위해 전축의 볼륨을 한껏 키워놓고 두 눈을 감은 날도 여러 번이었습니다. 아이는 아랫집 아주머니에게로 아침 10시에 가서 저녁 6시에 제게 돌아오지만 그 여덟 시간 남짓도 제게는 그저 괴로움일 뿐이었습니다. 일에 열중하려다가 고개를 들면 문득 아이가 잠에서 깨어서 작은 소리로 울고 있는 것만 같아 빈 아이 방 문을 열어보는 괜한 일을 여러 번 하고 있으니까요.

새해가 되고 서른셋이 되었습니다. 나는 이제 집도 있고 아이도 있고, 그리고 사고 싶었던 전축도 마련해서 스위치만 누르면 언제든 터질 듯한 바이올린 소리를 들을 수 있는데도 책 한 줄 읽지 못하고 불면의 밤을 견딥니다. 아침이 되면 아이의 울음소리에 눈을 뜨게 되리라는 확신 이외에 어떤 것도 가지지 못합니다. 이제는 나의 내장뿐만 아니라 나의 머리까지 둥둥 떠다닙니다. 세월의 강에 실린 듯 두둥실 달력은 넘어갑니다. 벌써 2월이니까요.

열아홉 살의 가을이 생각납니다. 그때 나는 내 인생의 한 고비를 넘고 있었습니다. 일기장은 더는 암울할 수 없을 정도로 암울한 절망의 단어들로 가득 차 있었습니다.

아버지가 친구 빚보증을 잘못 서는 바람에 집은 망하고, 내 마음을 주었던 단 하나의 친구는 훌쩍 미국으로 유학을 가버리고, 밤마다 내가 열 장도 넘게 편지를 써 보내던 나의 짝사랑 상대는 거짓말쟁이라는 것이 만천하에 드러났던 무렵이었습니다.

나는 혹시라도 누가 이런 나를 불쌍히 여길까 봐 온몸의 촉수를 세우고 내게 다가오는 친구들을 밀쳐버리고 있었습니다. 가까이 와서 그 아이들이 나의 상처를 들여다보는 게 그때는 그렇게 도 수치스러웠기 때문입니다.

　그리고 어느 가을날이 있었습니다. 체육 시간이 끝나고 난 후 나는 여느 때처럼 혼자였습니다. 세 명 혹은 네 명씩 팔짱을 낀 동급생 아이들이 떠난 수돗가에서 맨 마지막으로 혼자 손을 씻고 돌아서 나오다가 그만 시계를 그 수돗가에 놓고 온 것을 깨달은 나는 다시 수돗가로 달려갔습니다. 시계는 아직 거기 있었습니다. 하지만 그 가벼운 시계를 내 손목에 얹으며 돌아섰을 때 내 눈에 언뜻 보이던 막막하던 하늘을 아직도 기억합니다. 아마 나는 그때 울고 싶었을지도 모릅니다. 열아홉 살이었으니까요. 돌아가면 빨간 딱지가 붙은 가구들 사이에 머리를 싸매고 누워서 소녀같이 울고 있는 어머니가 있고, 태평양 건너 먼 미국으로 떠나서 끝도 없는 막막함에 싸여 있는 내 친구의 편지가 있고, 파렴치함을 만천하에 드러내며 도망가버린 내 짝사랑이 있고, 나는 그때 보름달 빵을 매점에서 세 개씩이나 사 먹으며 볼이 미어지도록 살이 쪄가던 열아홉 살이었으니까요.

　하지만 나는 그때 생각했습니다. 푸른 이끼가 언뜻언뜻 낀 그 수돗가에서 두고 온 내 손목시계를 들어 올리면서 아아, 나는 노래할 거야, 기어이 명랑한 노래를 부르며 살 거야, 라고 다짐했으니까요. 나는 믿었습니다. 이게 내 인생의 최고의 고통이 될 거야. 그러니까 이 고비만 넘으면 이 언덕만 넘으면 이 눈물만 참으면 나는 구원받을 수 있어. 지금 생각해보면 나는 참으로 귀엽기도 했습니다. 인생을 모를 때 사람은 귀엽기도 한가 봅니다. 다른 이야기 같습니다만 나는 요즘 매일 청소를 해댑니다. 걸레를 빨고 청소기를 위잉 돌려가며 먼지를 빨아내고 설거지를 하고, 다른 때 같으면 엄두도 내지 못했을 가스레인지 속까지 윤을 내고 있습니다. 언젠가 내가 좋아하는 소설가 L선생님께서 우리집을 둘러보시고는 너는 마음이 참 안정된 아이구나 하셨던 생각이 납니다. 이렇게 발 디딜 틈 없이 집 안을 온통 어질러놓고 글을 쓸 수 있다니 하는 힐책이시기도 하셨습니다. 그때 내게는 청소기도 없었고 가스레인지도 없었지만 나는 그분의 말씀에 정말 그래요, 하고 대꾸하며 웃었더랬습니다.

하지만 나는 이제 매일같이 청소를 해댑니다. 나는 집 안 청소하는 것에는 재능도 취미도 없으며 심지어 몹시 귀찮은 일이라고 생각하는 사람이지만 요즘 내가 바라는 단 하나의 소원은 내 눈길이 닿는 곳이면 어디든 진열장처럼 깨끗하게 청소가 되어 있으면 하는 것입니다. 하지만 그 단순한 소원은 왜 그렇게도 도달하기 불가능한 것일까요. 돌아서면 설거지가 쌓이고 돌아서면 양파 껍질이 가득 차 있고 어제 입은 옷이 옷걸이에 엎어져 쌓이고…… 아이의 기저귀는 날마다 더럽혀지고 이건 거의 시지프스의 형벌입니다.

시지프스와 내가 닮은 점이 있다면 그 바위에서 손을 뗄 수가 없다는 것입니다. 시지프스와 내가 다른 점이 있다면 시지프스의 바위는 하나뿐이지만 내게는 그 바위가 너무 많다는 것입니다. 너무도 사소하고 너무도 일상적인 바위들. 그래서 시지프스와 정말 다른 점은 시지프스의 고통은 몇천 년 동안 이해받고 있지만 이런 내 고통은, 그것을 고통이라고 느끼는 것에조차 내가 다시 죄책감을 느껴야 한다는 것입니다.

결혼을 할 때 우리는 많은 분들의 축복을 받습니다. 아이를 가질 때마다 여러분들이 진심에서 우러나오는 축복의 말씀을 건네주십니다. 내가 써낸 어떤 창작품보다 진정한 창조의 행위를 하고 있다는 너무나 귀한 말씀들. 하다못해 아이를 가져 부른 배를 안고 시장으로 나서면 아주머니들은 상추를 한 줌이라도 더 얹어주십니다. 그들은 아이를 낳는 일이 이 세상의 어떤 일보다 고통스럽고 또 이 세상 어떤 일보다 귀한 일이라는 것을 잘 아는 까닭입니다.

그러나 돌아서면 나의 친구들이 있습니다. 아이 때문에 직장을 그만두고 멍해진 친구들. 그들은 아이를 사랑하지만 자신을 사랑하기에 날마다 끝도 없는 갈등에 휘감겨 닫힌 아파트 문 안을 서성이고 있습니다. 20여 년 동안 받은 교육과 머리 싸매고 공부한 지식들을 다 팽개치고서, 아이가 잠든 어두운 집, 귀가가 늦는 남편의 책상 앞에 앉아 때 묻은 책들을 펼쳐보고만 있을망정 그들은 아이들을 포기하지 못합니다. 도무지 어느 곳에 내 아이를 맡겨야 안심할 수 있는지 그들은 알지 못하기 때문입니다. 그러나 그 젊은 어머니들에게 가해지는 가장 큰 형벌은 그 신성한 임무를 행한 후에도 그들의 재능에 대해 아무런 희망도 대책도 없다는 것입니다. 그것이 젊은 엄마들의 절망을 열아홉 살짜리의 절망보다 더 가엾게 만들어버립니다.

나는 이제 그렇게 귀한 생명을 젊은 엄마의 손에만 맡겨놓은 아버지들을 생각합니다. 그 아버지들에게 육아 휴직조차 주지 않는 사회를 생각합니다. 아이를 키우는 것은 어머니의 가장 신성한 임무라고 말하면서도 그 신성한 임무를 어느 정도 마친 어머니들에게 아무런 기회를 주지 않는 사회, 신성한 국방의 의무를 마친 남자들에게는 취업의 기회는 물론 호봉까지 올려주면서도, 탁아소에 게으른 모든 기업체들과 관공서들. 그들이 입으로 어머니의 역할을 찬양하고 생명을 축복해주는 동안 가난한 어머니의 아이들은 닫힌 방문 안에서 불에 타 숨지고 부실 공사로 용접된 베란다에 매달렸다가 떨어져 꽃 같은 피를 흘리고 우리 곁을 떠나갑니다.

그러니 이제 남자들과 사회가 입으로가 아니라 실천을 통해 생명을 사랑할 줄 알아야 할 차례가 아닐까요? 젊은 여자들에게 아이를 낳는 것이 진정한 축복이 될 수 있도록, 그 일이 부디 여성들에게 가장 크나큰 자랑과 행복이 될 수 있도록 말입니다. 그런 것들이 이루어지지 않는 한 어머니라는 이름의 여인들에게 쏟아지는 모든 찬사들은 그저 '지당한 말씀'일 뿐일 테니까요.

꿈을 포기하지 말자

일전에 연변에서 온 교포분과 이야기를 나눌 기회가 있었다. 나의 작품『무소의 뿔처럼 혼자서 가라』를 읽었다는 말로 시작된 자리이기에 이야기는 자연히 여성 문제에 대한 것으로 흘러 갔다. 우리들의 질문은 당연히 지금 중국에서의 여성의 지위에 관한 구체적인 상황이었다.

"만일 한 오후 7시쯤 어느 가정집 문을 열어본다면 남편이 부엌에서 요리를 하고 있고 아내가 탁아소에서 막 데려온 아이와 놀고 있는 걸 볼 수 있습니다. 아이란 너무나 중요한 존재이기 때문에 엄마는 퇴근 후에 아이에게 온 신경을 쓰곤 하죠. 그러니 상대적으로 남자들이 그 밖의 집안일을 하는 것이지요."

중국 교포의 남루한 차림에 내심 보세요, 우리 조국이 이렇게 잘 살지요, 자랑스러운 얼굴로 앉아 있는 우리들은 순간 아무런 말도 꺼내지 못했다. 그중 한 남자가, 정말입니까 물었을 뿐이었으니까. 물론 그 남자는 우울해하는 우리들 여자들의 눈총을 듬뿍 받았지만 말이다.

마침 시간이 저녁 6시를 향해 가고 있고 그중에는 놀이방에 아이를 맡기고 온 내 또래의 엄마들도 있었다. 연신 시계를 들여다보던 그 엄마들의 얼굴이 어떠했을까를 상상하는 건 어렵지 않으리라. 그들은 얼른 집으로 가서 놀이방에서 아이를 데리고 나와 슈퍼마켓에 가서 두부나 콩나물을 사고 그 아이를 데리고 집으로 가서 저녁 식사를 만들어야 하리라. 남자들은 돌아와 그 저녁을 먹거나 아니면, 너무나 '중요한' 회사 일로 그 밤이 늦도록 돌아오지 않을지도 모르지만 말이다. 중국에서나 우리나라에서나 아이는 여전히 '너무나 중요한 존재'이지만 그 중요한 존재를 키우는 어머니에 대한 대우는 정말 다른 것 같았다. 일견 부럽기도 하고 일견 착잡하기도 한 우리들의 표정을 알아챘는지 그녀는 말했다.

"하지만 우리도 아직 멀었어요. 여기까지 오는 데 장장 45년이나 걸린걸요. 그것도 정부에서 적극적으로 협력을 해주었는데도요. 아직도 편견이 남아 있는 분야가 많아요. 예를 들어 현재는 여성의 보다 활발한 정치 진출에 대해 노력하고 있는 중이지요."

말이 끝나자마자 '너무 소중한 존재'인 아이를 놀이방에 맡기고 온 엄마들 몇이 자리에서 일어서야 했다. 우리의 선배들은 45년 동안 여성의 권익을 찾기 위해 싸워온 것도 아니고, 무엇보다 정부의 협조를 받은 것도 아니었으므로 할 말이 없었다. 우리들의 분위기가 너무 착잡해져 있어서 분위기도 돌릴 겸 내가 한국에 온 인상을 물었다. 그분으로서는 고국으로의 첫 나들이라고 했는데, 그분은 생각보다 한국의 여성들이 너무나 똑똑하고 예쁘고 말도 잘하고 교육도 많이 받은 것 같아 놀랐다고 했다. 아무리 그분이 조선족 여성이지만 조국의 부끄러운 부분을 들킨 것 같아 착잡해하고 있던 내가 "그렇죠?" 하고 물으려는데,

"그런데 한 가지 이상한 일이 있어요. 내가 지금 과천의 친지분 댁에 머물고 있는데 일이 바빠서 매일 저녁 늦게 들어가다가 어제는 모처럼 한 오후 4시쯤 집으로 들어갔어요. 그런데 아파트 입구에 젊은 여자들이 내가 알기론 그들은 대부분 고등학교 이상 혹은 대학교 졸업자도 많다고 아는데 그늘에 주욱 앉아 있어요. 이상했어요. 그렇게 젊은 사람들이 왜 그런 좋은 시간에 아이들이 노는 것을 보면서 주욱 앉아 있는지. 그렇게 많이 배웠는데 일은 안 하고. 왜 그런 건가요?"

그 자리에는 오랫동안 여성운동을 해오신 분들도 앉아 계셨다. 연변에서 오신 교포의 질문이 하도 진지해서 우리들은 잠시동안 입을 다물지 못했다. 마치 집 안에 가득 찬 된장국 냄새를 집 안 사람들은 맡지 못하는 것처럼, 식구들이 얼마나 닮아 있는지 그 당사자들은 전혀 알지 못하는 것처럼. 우리들은 그 질문이 낯설었다. 잠시였지만 침묵이 흘렀다. 내게는 아주 강렬하게 느껴

지는 침묵이었다. 대학에서 여성학을 가르치고 있는 분이 입을 열었다.

"그건 말이죠. 그건 여자들은 취직도 잘 안 되고 게다가 탁아소 시설도 턱없이 부족하고……."

나는 우리들을 대신해서 먼저 입을 여신 그분을 잘 알고 있었다. 매사에 그렇게 막힘이 없고 해박하신, 내가 존경하는 분이었다. 그러나 그분의 답변은 자신 없어 보였다.

일전에 강연차 전국의 한 15개 정도의 대학을 돌면서 이런저런 이야기를 나누다 한 가지 공통된 질문을 던진 일이 있다. 우선 여성 문학에 대한 강연을 들으러 온 남학생들을 대상으로 한 것이었는데 그 질문의 요지는 이런 것이었다.

여기 여러분이 결혼을 할 여자 분이 있습니다. 여자 분은 곧 아이를 낳을 것입니다. 그런데 이 여자는 지금 연구에 몰두해야 합니다. 만일 이 연구가 성공하기만 한다면 인류는 암과 에이즈 및 모든 공포에서 벗어날 수 있습니다. 단, 이 연구가 성공하기 위해서는 24시간 이 여자를 위해 밥을 해주고 빨래를 하고 집 안을 정돈하고 아이를 안심하고 키워줄 남편이 필요합니다. 자, 기꺼이 자신의 직업을 포기하실 의향이 있는 남학생 손들어보세요.

사실 나의 강연은 대학마다 비교적 성공적으로 학생들을 끌어모았다는 평을 들은 것이었다. 게다가 그 남학생들은 여성 문제라는 타이틀을 단 나의 강연에 참석하기 위해 책도 몇 권 읽고 왔을 정도로 진보적인 편들이었다. 그러나 내가 질문을 던졌던 15개 대학 어느 곳에서 단 한 명의 남학생도 그렇게 하겠노라 손들지 않았다. 장난기로라도 손들지 않았으며 나의 질문 자체가 그들에게는 매우 낯설고 이상한 것으로, 말하자면 어떻게 우리들에게 그런 것을 요구할 수 있을까 하는 듯 충격적으로 받아들여지는 듯했다. 그리고 사실을 말하자면 나 역시 질문을 받은 남학생들 못지않게 충격을 받았다.

만일 여학생들에게 이런 질문이 주어졌다면 어떤 결과가 나왔을까? 인류를 구원하는 일까진 언감생심 바라지 않아도 남편이 하는 일이 조금이라도 옳거나 보람되기만 하다면 여자들은 기꺼이 자신의 희망들을 포기하곤 했고, 대개 그런 일들은 아름답게 기록되곤 했다. 문제는 남성들은 한 번도, 자신의 아내를 위해서 자신의 직업을 포기하는 일을 생각해보지 않고 자랐다는 것이다.

만일 우리 정부가 여성들의 사회 진출에 대해 정말로 진지하고 적극적이라면 얼마나 좋을까. 우리도 중국 여성들처럼 안심하고 아이를 맡겨둔 탁아소에서 저녁에 아이를 찾아와 '너무나 소중한 존재'인 아이와 저녁 시간을 보낼 것이다. TV에서는 저녁 늦게 귀가하는 아빠들에게 집에 가서 요리하는 기쁨을 알리는 캠페인을 전개한다면 신세대 아빠들이 요리 학원에 등록하게 될 것이다.

그러나 불행히도 우리는 그렇게 행복한 여건을 가지지는 못했다.

하지만 우리에게는 아직도 한 가지 희망이 남아 있다. 가장 강력하고 굳센 희망. 그것은 우리가 요구할 수 있다는 것이다. 탁아소를, 엄마들의 직장을, 그리고 아기 아버지들의 협조를…….

설사 이 열악한 환경에 아이를 놓아둘 수가 없어서 지금 현재 직업을 포기하고 있다 하더라도, 아주 자신의 일을 포기하지는 말자. 아이는 자라 곧 엄마의 관심을 거북살스럽게 여길 것이다. 아이를 키워놓고 우리에게 일을 달라고 요구할 수 있도록 책을 손에서 놓지 말고 사회에 대한 관심을, 아니 그 무엇보다 나 자신의 꿈을 포기하지 말자. 그리고 우리의 동생과 우리의 어여쁜 딸들이 다시는 이렇게 아파트 그늘에 앉아서 우두커니 아이들을 바라보고 있는 풍경 속으로 기어들지 못하도록, 그래서 우리의 딸들은 자라 다른 나라에 가서 자랑스레 우리 어머니들이 우리들을 대신해 싸웠기에 우리는 지금 아주 동등한 대우를 받고 있다고 말할 수 있도록 노력하자.

얼마 전 친구의 전화를 받았다. 보통 아이 하나를 낳고 대개는 직장을 그만둔 다른 친구와는 달리 그녀는 아이 둘을 키우면서 자신의 일을 포기하지 않고 10년을 버텼다. 나는 그 친구가 학교 다닐 때는 그렇지 않더니 내심 독한 데가 있구나 생각했다. 다른 친구들에게도, 그리고 나에게도 본보기가 될 것만 같았던 것이다. 저토록 현명하게 두 아이를 키우면서 직장에도 잘 나가고 있지 않은가 하는 생각에서였다. 그런데 그 친구가 병원에 입원한 이유를 말해주었다. 과로로 인한 폐결핵이라는 것이었다. 신열이 나고 진땀이 나도록 피곤한데도 너무 참은 탓에 급히 입원을 할 수밖에 없었다고 전하는 친구의 목소리는 쓸쓸했다. 전화를 끊고 나서 나는 한참을 울었다. 이제껏 그 친구에게 얹혀 있었을 그 삶의 무게를 나는 알 것만 같았기 때문이었다.

하지만 나의 친구를 문병 가려고 반찬과 과일을 챙기면서 나는 독하게 마음을 바꾸어먹었다. 그래도 그 친구에게 버티라고 말해주어야겠다고 생각한 것이다. 우리의 어머니들이 하지 못한 노력을 이제 우리가 해야 하는 시간이 왔다는, 그것이 우리가 우리의 아들과 딸들에게 선사하는 가장 큰 선물이 될 거라는 바로 그런 이유 때문이었다.

여자는 안 돼요

　오랜만에 친구들이 모인 자리에서였다. 이젠 아이 엄마들인 그
녀들과 웃고 떠드는 동안 아이들은 저희들끼리 놀고 있는데, 거
기 모인 친구들 역시 이제는 집에만 파묻혀 있는 경우가 많았지
만 학교 다니면서 여성학이라든가 여성 문제에 관심을 많이 가
지고 있던 터라 교육상 여자아이라고 해서 특별한 금기를 두는
교육은 시키지 않고 있었다. 그래서 그런지 아이들 중에 끼어 있
는 한 명의 여자아이 역시 그러한 편견을 갖지 않고 남자아이들
과 소꿉도 하고 달리기도 하면서 놀고 있었다. 우리들은 딸들에
게 '여자니까 이러이러해서는 안 된다' 대신, '사람이란 이러이러
해야 한다'라고 교육시키려고 애들을 꽤 쓰고 있는, 말하자면 '진
취적인 어머니들'이었던 것이다.

그러나 육아라는 게 엄마 혼자만의 일도 아니라서 애들 아버지나 특히 시어머니의 경우에는 딸들에게 언제나 입버릇처럼 '여자는 이러이러해야 한다'라고 가르치려는 통에 속이 상한다는 말도 오가고 있는 중이었다. 그렇지만 않으면 여자아이를 우리 식대로 좀 더 대차게 키울 수도 있을 텐데 하는 것이 거의 결론으로 맺어지는 중에 한 친구가 막 유치원에 입학한 두 꼬마에게 물었다.

"유치원 갔다 오는데 어떤 아저씨나 아줌마가 엄마가 저기서 부른다아, 하고 말하면 어떻게 해야지?"

꼬마들 둘은 주저 없이 대답했다.

"그 아저씨를 따라가면 안 돼요, 우선 집으로 가서 엄마에게 말씀드려야 해요. 그리고 사탕이나 과자를 사 주어도 절대로 받아먹으면 안 되고요, 빨리 엄마한테 와야 돼요."

아이들의 대답이 하도 야무지고 예뻐서 우리는 한바탕 웃었다. 웃으면서 문득 나의 어린 시절이 떠올랐다. 아주 어렸을 때라고 기억되는데 그때도 사회를 떠들썩하게 만든 유괴 사건이 있던 터라 어른들이 나를 데리고 심심찮게 그런 질문을 해댔고 나 역시 지금 대답하고 있는 저 어린 꼬마아이처럼 대답했던 것이다.

그러자 다른 한 친구가 그중의 여자아이에게 말했다.

"아파트 놀이터로 놀러 갈 때는 친구들이 많이 있나 없나 살피고 가야 한다."

"여자는 그런 데서 혼자만 놀면 절대 안 돼."

그러자 다른 친구가 말했다.

"나이 많은 오빠나 아저씨가 자기 집에 가서 놀자 하고 말해도 따라가면 안 된다. 언니라면 또 모르지만."

여자아이는 두 눈을 또록또록 빛내면서 자신에게 여러 가지를 주문하는 아줌마들을 바라보고 있었다. 남자아이에게는 특별히 해당되는 상황이 아니었으므로 남자아이는 다시 또래들과 놀이에 열중하고 있었다.

저 어린 꼬마에게 그 애가 여자라는 이유만으로 왜 이렇게 경고하고 금기해야 할 것이 많은가 하는 생각이 들었다. 그리고 자라면서 저 아이는 같이 유치원에 입학한 저 남자아이와는 다르게 얼마나 더 많은 금기를 가슴에 새겨야 할까 하는 생각이 들자 왠지 입맛이 썼다.

우리가 어린 시절에도 유괴범은 있었지만, 혹은 성적인 추행을 어린 여자아이들에게 가하는 남자들도 있었겠지만 우리들은 이 골목과 저 골목, 앞산과 뒷산을 뛰어다니며 늦게까지 뛰어놀았고 그런 놀이를 통해 어른들의 통제에서 벗어나 나만이 알 수 있는 세계를 만들어나가는 기쁨도 배웠다.

물론 우리 어머니도 그저 옛날 분이어서 '제발 좀 여자다워라'라는 주문을 끝없이 해대셨지만 나는 어머니 몰래 남자아이들과 골목에서 딱지치기도 했고 구슬놀이도 했으며 탐험을 한답시고 달도 없는 깜깜한 밤중에 동네 어귀에 있는 고등학교 뒷산을 헤매 다니기도 했다. 그것을 어머니에게 숨기면서 나는 정신적

이유기를 시작했던 것이다. 그것은 온전히 나만의 것이었으니까 말이다.

그러나 이제 여자아이들은 여자를 차별해서 키워서는 안 된다는 생각을 가진 우리들의 손에서 크는 저 여자아이는 유치원이 파한 후 거리를 걸어오면서 알에서 깨어나 삐약거리는 병아리들을 구경하기도 힘들고, 자신의 아파트 앞에 있는 어린이 놀이터에도 일정한 시간에만 가야 했다. 그러니까 저 여자아이는 어른들이나 주변 친구들의 감시나 통제가 없는 상황에서는 혼자서 놀 수조차 없다(!)는 생각이 들었던 것이다.

그렇다고 그 여자아이에게 엄마가 뭐라든 너 자신만의 진취적인 시간들을 가지라고 말할 수도 없었다. 그 진취적인 시간들의 그늘 속에 도사리고 있는 성폭력의 위협은 무서운 것이었다.

가뜩이나 여자라는 이유만으로 살기 힘든 세상에 어렸을 때부터 엄마의 보호 외에는 어디에도 가지 못하게 교육을 받은 여자아이들이 이후, 앞으로 살아나가면서 대체 어디서 자신만의 세계와 독립심과 진취적 기상을 배우게 될까 생각하니 여자아이들을 올곧은 인간으로 키워내는 일이 결코 그 어머니나 시댁 혹은 남편의 동의만으로 이루어지는 일이 아니라는 걸 깨닫게 되어버렸다. 왜냐하면 진취적인 어머니가 되려는 우리들조차, 설사 남편이나 시댁에서 우리들의 견해에 1백 퍼센트 찬성과 지지를 보낸다 해도, 이미 딸에게 진취적인 것들을 다 권할 수 없기 때문이었다.

악녀가 되어야 했던 착한 여자

영화를 본 지 만 이틀이 지났지만 나는 여전히 〈돌로레스 클레이본〉이라는 영화에 매혹되어 있다. 추리 기법으로 진행되어 가는 영화의 구성 때문도 아니고 개기일식의 현란한 촬영 때문도 아니고, 한 남자의 폭력 앞에서 살인이란 때로는 얼마나 정당한가라는 변호를 우리에게 해주는 여성 영화였기 때문만도 아니었다. 사실 나는 영화에서뿐만이 아니고 모든 작품에서 아내가 남편을 죽이는 살인사건은 부부간의 더 중요한 문제를 충격적인 허위로 포장하는 방법이라고 생각하는 사람 중의 하나이다. 더구나 누가 죽고 죽이고 할 때까지 문제를 덮어두는 그 사람을 보면 사실은 왜 그렇게 될 때까지 기다렸을까 하는 생각을 하는 사람이기도 하다.

그럼에도 불구하고 이 영화의 감동은 바로 이 영화의 제목과 같은 길고 이상한 이름을 가진 여성, 즉 돌로레스 클레이본이라는 여자에게서 비롯되었다. 그녀는 세상에 태어나 한 번도 작은 섬을 떠나본 적이 없는 무식하고 가난한 여자이다. 그 여자에게는 여성의 권리라든가 이 사회의 구조 속에서 여성들이 어떤 방식으로 남성에게 억압당하는가와 같은 학문적 고찰 같은 것은 애초부터 문제가 되지 않는다. 하지만 그녀는 바닷가에 자라는 억센 들풀처럼 사는 여자이다. 그저 산다는 것 자체가 인생의 명제가 되는 그런 여자인 것이다. 그랬기 때문에 자신에게 가해지는 부당한 폭력에 분노하는 건강한 마음을 가지고 있었다. 또 딸에게 자신과 같은 생을 물려주지 않기 위해서는 현실적으로 무엇이 필요한지 알고 있으며, 또 그것을 실천으로 만들어내기 위해 노동을 할 줄 아는 여자이다.

　그랬기 때문에 그녀에게 나타난 가장 건강한 마음은 불행히도 자신의 남편을 자신의 손으로 죽이라고 명령하게 된다. 집에 돌아와 TV만 보면서 명령만 하는 남편, 술을 먹으면 사소한 일에도 손찌검을 하는 남편, 어린 딸을 성적으로 폭행하는 그 남편.

　어미가 자신의 새끼를 잡아먹으려는 다른 짐승과 싸운다고 해서, 그것이 죄악은 아니다. 그리고 그 싸움의 결과가 상대방을 죽이는 것으로 끝난다고 해도 그것은 그저 대자연의 법칙일 뿐, 선악을 따지는 것은 사실 그래서 무력해지는 것이다. 그녀는 다행히 성공적으로 그것을 완수한다.

딸은 어린 시절 자신의 아버지로부터 받은 성폭행으로 마음이 병들어 있었다. 공부를 잘해 유수의 대학을 나오고 사회적인 성공을 했음에도 불구하고 그녀는 어떤 남자와도 건강한 관계를 이룰 수 없었다. 그런 딸은 아버지를 죽인 어머니 앞에서 몸부림친다. 그녀에게는 아버지나 어머니나 모두 질곡처럼 느껴졌을 것이다. 하지만 오직 딸을 지켜내겠다는 어머니의 진실 앞에서 딸은 다시금 건강을 되찾게 된다.

영화의 끝 장면은 흔히 그렇듯 이제 화해하게 된 어머니와 딸의 즐거운 한때를 표현하지는 않는다. 왜냐하면 자연의 법칙이 그렇듯이 현실 속에서 어머니가 딸에게 해줄 수 있는 가장 큰 사랑은 딸을 저 넓은 세상으로 보내주는 일이기 때문이다. 그래서 자신을 위해서 아버지를 죽일 수밖에 없었던 어머니를 이해하고 성숙해진 딸은 그녀의 곁을 떠난다. 마지막 장면이 딸과 어머니의 포옹 장면이 아니라 또 하나의 별리로 나타나는 것은 그러한 이유 때문이리라.

여성을 상징하는 달의 커다란 그림자가 남성을 상징하는 해를 가리는 일식의 장엄한 광경조차 돌로레스의 건강한 자연 앞에서는 왜소해진다. 딸 셀리나(이 단어 역시 달을 상징하는 의미를 가지고 있다)의 심리를 나타내기 위한 정신 분석적 화면도 그렇다. 그러나 영화는 돌로레스 클레이본이라는 여자 하나만으로 충분히 빛난다. '때론 악녀가 되는 것이 유일한 생존 수단'이라는 진실이 우리를 슬프게 하지만, 어떻게 하겠는가. 그것이 진실이라면 슬

품조차 우선 받아들이는 것이 해결의 한 시작이 아니겠는가.

　또 한 가지, 영화를 보고 나서도 내내 나는 그녀의 역할을 훌륭하게 연기해낸 캐시 베이츠가 아름답다는 생각에 사로잡혀 있다. 그녀는 할리우드의 기준뿐만 아니라 거기에 전염되어 있는 우리의 현실로 보더라도 뚱뚱한 여자이고 전혀 전형적인 미인이 아니다. 그럼에도 불구하고 그녀는 내게 아름답게 기억된다. 왜냐하면 그녀는 자기 자신을 지키기 위해서, '악녀가 될 수밖에 없는 착한 여자'의 모습을 누구보다도 잘 이해하는 표정을 지니고 있던 까닭이다.

육체도 중요하다

얼마 전에 〈피아노〉라는 호주 영화를 보러 갔다. 주위 분들이 좋은 영화라고 권하고, 나 역시 제인 캠피온이라는 여성 영화감독이 칸 영화제에서 만삭인 채로 그랑프리를 탔다는 보도를 흥미 있게 읽은지라 별 갈등 없이 토요일 오후의 시간을 그 영화에 할애했던 것이었다. 소문대로 영화관은 입추의 여지없이 꽉 들어찼다.

원래 아주 어렸을 때부터 영화를 별로 좋아하지 않는 나의 느낌은 이랬다. 좋은 영화구나.

이 자리에서 나는 그 영화의 내용과 느낌에 시간을 할애하려는 것이 아니다.

그날 나는 영화를 보면서가 아니라 영화관에서 한 가지 인상

깊은 경험을 하게 되었는데 거기서 중학생 딸을 데리고 영화를 보러 온 한 선배 작가를 만나게 되었던 것이다.

물론 그 영화는 미성년자 관람불가였고, '그가 그녀의 몸을 연주하였다' 같은 선전 문구답게 몇 건의 진한 성희 묘사도 등장한다. 하지만 그 영화 속에서 묘사되는 '성'은 폭력적이거나 변태적인 것이 아니었으며, 오히려 한 여성이 육체를 통해서 자신을 새로 발견하는 그런 내용을 가진 것이었다.

하지만 그렇다고 해도 중학생 딸을 데리고 온 선배 작가의 모습에 나는 처음에는 솔직히 조금 놀라운 생각을 가졌다. 고등학교 1학년 때이던가 친구들이 모두 땋은 머리를 풀고 보러 가던 〈겨울 여자〉라는 영화를 미성년자라는 금기 때문에 혼자만 보지 못했던 경험 때문에, 그러니까 그 '불가'라는 금기에 대해서 남보다 더 소심해하던 나였기 때문에 그랬는지도 모른다.

영화가 끝나고 차를 한잔 마시는 시간에 나는 선배의 딸에게 영화에 대해 물었다. 딸은 어머니를 작가로 둔 아이답게 아주 의젓하게 영화 평을 말하는 것이었다.

"〈람보〉는 보러 가라 하면서 왜 이런 영화는 보지 못하게 하는지 몰라요. 이 영화 어디에 우리가 보아서는 안 될 장면이 있다는 건지 모르겠어요."

나는 그날 열네 살짜리 사춘기 소녀의 그 평범한 말에 대해서 오래오래 생각했다. 그 무렵의 나도 생각해보았다. 성에 대해 무지하다 못해서 '혐오감'까지 가지고 있던 열네 살의 우리들을. 그때 꽤 많은 독서를 하면서 나는 한숨을 쉬곤 했다. 왜 남자와 여자들은 만나기만 하면 꼭 이래야 할까, '좀 더 순수하게' 사귈 수는 없을까 하고 말이다. 지금 생각해보면 웃음이 터질 일이지만, 내가 인생의 모든 것을 하나하나 배워가던 시기에 유독 성에 대해서만은 사춘기를 겪지 못하던 걸 생각하면 지금도 아쉬운 마음이 든다. 나는 내 육체를 왜 그토록 하찮게 생각하는 법을 배웠는지. 내용이 중요하고 형식이 중요하듯이 영혼도 중요하고 육체도 중요하다는 것을 왜 몰랐을까. 더구나 나의 육체는 오직 나만의 보살핌을 기다리고 있는데……. 결혼을 하고 아이를 낳고 그리고 남편이 나를 사랑하든 그렇지 않든 그건 이토록 오로지 나의 것인데.

그리고 이제 우리는 신식 엄마가 되었다. 하지만 우리 역시 우리의 아이들에게도 무의식 중에 우리의 어머니가 하듯이 똑같은 걸 가르치고 있는 것은 아닐까 하는 걱정이 되었던 것이다.

사람들을―그것도 제3세계의 민족해방운동을 하는 사람들을!―마구 쏘아 죽이는 〈람보〉는 봐도 되지만 〈피아노〉는 왜 안돼. 왜냐하면 〈피아노〉라는 영화에서는 여자랑 남자가 옷을 벗으니까 말야, 그건 안 돼. 무조건! 왜냐하면 육체와 육체가 맞부딪치고 육체의 쾌락을 위해서 무슨 일인가 저지르는 것은 큰일 날 일이니까. 차라리 분노에 떠는 미국인이 자신의 나라의 해방을 위해서 싸우는 베트남인들을 잔인하게 죽이는 편이 교육적이야, 하고 가르치는 것은 아닐까 하고.

분노는 단지 시작일 뿐이다

　솔직히 말해서 극장 문을 나설 때의 감정은 그리 유쾌하지는 않았다. 영화 〈텔마와 루이스〉가 끝나고 불이 켜졌을 때 여성 관객들로부터 박수가 터져 나왔지만, 나 역시 박수를 치는 사람들 틈에 끼어 있지만 뭐랄까, 나는 일견 당황스럽고 쓸쓸한 기분의 정체를 딱히 꼬집어낼 수 없는 기분이었다.

　들뜨고 낭만적인 기분으로 잠시 떠났던 여행이 자신들의 잠재되었던 분노를 폭발적으로 드러내는 계기가 되었고, 그리하여 잠시의 기분 전환용 여행이 끝내 마지막 여행이 되고 마는 두 평범한 여자들의 이야기가 내 가슴에 서글프게 와 닿긴 했지만, 마치 오른손잡이들만을 위해 모든 것이 고안된 세상에서 왼손잡이들은 늘 불편을 편리함처럼 착각해야 하는 것처럼 남성 위주로 확고히 자리 잡은 이 세상의 제도들을 확인하면서 나 또한 분노를 느꼈지만, 정녕 이것이 다일까 하는 기분 같은 것을 느꼈다는 말이다.

긴장을 풀고 잠시 웃고 있는 여자들을 보면 꼭 섹스라는 단계까지 가주어야 한다는 의무감에 사로잡힌 듯 강간을 서슴지 않는 남자들에 대해서, 아내와의 통화에서 욕설부터 튀어나오는 남편에 대해서, 그리고 심심한 고속도로에서의 심심풀이용으로 성적인 희롱을 해놓고도 조금도 미안해하지 않는, 차마 그녀들의 총구에 죽임을 당하면 당했지 여자에게 미안하다고는 절대 말하지 않는 남성들에 대해서 우리가 할 수 있는 일이 정녕 이렇듯 폭력으로 얼룩진 대안밖에는 없는 것인가에 대한 절망감이 앞섰는지도 모른다.

총이라는 아주 유연하고 훌륭한 무기를 지니고 있음으로 해서 델마와 루이스는 부당한 남성들에 최선을 다해 응징을 가했고, 그리고 서로에게 미소를 보인 채 그랜드캐니언에서 떨어져 죽는다. 마지막 화면은 그녀들의 이루어질 수 없는 비상을 암시하려는 듯 차가 허공에 떠올랐을 때 멈추어지지만, 지구의 중력은 영화 화면처럼 멈추어질 수 없을 테고 그녀들의 몸뚱이는 산산조각이 되었을 것이다. 그러고 나면 세상은 다시 처음으로 돌아간다. 총도 없는 나는 집으로 돌아와 밀린 설거지와 빨래를 시작하며 국을 끓인다.

나 역시 일상생활에서 수없이 그런 남성들과 만나고 있다. 결코 미안하다고 말하지 않는 그들. 자동차를 타고 가다가 조금이라도 자신의 비위에 거슬리면 '××'로 시작되는 욕설을 여자 운전자들에게 서슴없이 퍼붓는 그들. 아줌마가 뭘 안다고 이래요, 로 끝나는 경멸들.

정말 가끔 '죽여버리고 싶은' 남성분들이 있기는 하지만, 그래도 어떻게 하나, 우리는 총도 없고 총이 있대도 어떻게 쏘겠는가 말이다. 분노는 단지 시작일 뿐이다. 그것을 느끼는 사람들에게 그것을 쌓아주지 못하면 그것은 한갓 감정적인 대리 배설에 머물고 만다.

영화 미학에 관해 문외한으로서 이야기하자면 델마와 루이스가 마지막으로 서로에게 미소를 보이고 죽어가는 것은, 가끔 신문의 사회면 밑단을 차지하는 기사들, 예를 들어 남편의 외도를 참지 못하는 아내가 아파트 10층에서 떨어져 죽었다든가 하는 것과 다르지 않지 않을까, 하는 생각이 나를 우울하게 했던 것이다.

일전에 어떤 선배가 남편과의 다툼을 전화로 이야기한 일이 있다. 아무리 선배의 말만 들은 것이었지만 내가 보기에도 그 남편이 잘못을 한 것 같았다. 하지만 그 부부는 화해하지 못하고 있다. 왜냐하면 남자들은 '미안하다'는 말을 너무 인색하게 쓰고 있고, 여자들은 쓸데없이 '결국은 내 잘못이다'라는 말을 너무 많이 쓰고 있는 것이 보통의 일이었고, 그 부부도 예외가 아니었으니까 말이다.

그런데 이제 어떻게 할 거야, 하고 내가 묻자 선배는 결연한 목소리로 이렇게 대답하는 것이었다.

"어떻게 하긴 뭘 어떻게 해! 무찔러버려야지!"

우리는 같이 웃고 말았지만 나는 생각했다. 그래. 이게 혹시 대답은 아닐까. 자기 남편 무찌르기. 진짜로 잘못한 건 잘못했다고 말하게 하기. 그래서 진짜로 화해하고 살기.

그러니 그 사소한 일로 죽을 필요는 없는 일이다. 총을 들어 쏘아대면서 사회적으로 물의를 일으킬 필요도 없는 일이다. '개인적인' 해결이라는 말은 내가 여성학에 눈뜨기 시작했을 때 가장 경멸당하고 금기되었던 말이지만 나는 사실 이제는 궁극적인 해결은 개인적으로 이루어진다고 믿게 되었다. 다만 그것의 해결을 위한 공동의 논의가 있을 뿐.

분개한 김에 남성들을 쏘아 죽이고 자신도 죽는다는 것은 너무 허망한 일이며 그것은 바로 여성답지 않은 일이다. 왜냐하면 여성들이란 원래 죽을 것만 같은 고통 속에서 새 생명을 낳도록 만들어진 존재들이기 때문이다. 여성들의 본질은 바로 '살림'에 있기 때문이다. 너도 살고 나도 사는 것이다.

남자들은 생명을 직접 '창조할 수 없다'는 데에서 여성들에게 영원한 콤플렉스를 가지고 있는 존재들이다. 남성이 그토록 여성을 정복하고 싶어 하는 이유는 남성들의 바로 그 콤플렉스 때문이다. 그러나 여성들은 결코 정복당하지 않는다. 왜냐하면 그들은 생명 창조의 열쇠를 쥐고 있는 '영원한 우위'를 점하고 있는 존재들이기 때문이다. 이것이 바로 우리들이 오늘날 살아가는 여성 문제의 심원에 놓인 본질이 아닐까.

그런 의미에서 〈델마와 루이스〉보다 우리 선배의 그 한마디에 나는 더 큰 박수를 쳐주고 싶었다.

내 친구 재희

내 친구 재희는 싸움꾼이다. 서른세 살이 된 지금도 그렇다. 물론 내가 재희를 알게 된 것도 싸움을 통해서였다.

그건 학교 앞으로 가던 붐비던 전철 안에서였다. 어떤 남자 하나가 별로 붐비지도 않는 전철 안에서 내 몸에 자꾸 몸을 기대오는 것이었다. 너무나 불쾌한 생각이 들었지만 뒤로 돌아 그에게 직접 따지기가 두려워 나는 다른 칸으로 자리를 옮겼다. 그런데 돌아보니 그 남자가 나를 향해 능글맞은 웃음을 띠며 다가오고 있었다. 온몸이 얼어붙는 듯해서 나는 그 자리에 붙박이듯 서 있었다. 더 도망갈 곳도 없는 것 같은, 마치 영원한 덫에 걸린 것처럼 나는 질려 있었다.

그때 내 앞에 재희가 나타났다. 같은 과에서 그저 얼굴이나 익힌 그런 친구였다. 잘 알지 못하는 사람 앞에서 아무 이야기도 하지 못하는 이상한 결점을 가진 나는 다짜고짜 그녀를 붙들고 나의 사정을 이야기했다. 하지만 재희 역시 나처럼 그런 상황에서 언제나 피해를 볼 수밖에 없는 여자였기에 큰 기대는 하지 않았다. 하지만 결과는 정반대였다.

재희는 놀랍게도, 다가와 내 등 뒤로 바짝 서는 그 남자를 향해 온 전철의 사람들이 다 듣도록 소리를 질러댄 것이다. 그 내용이야 지금은 기억나지 않지만 그를 꾸짖는 내용이었다. 키는 나보다 목 하나나 작을까 말까 하는 그녀의 고함에 온 전철 안의 시선이 쏠렸고 나로 말하자면 그녀에게 도움을 요청했던 것은 깜빡 잊고 그저 창피스러운 기분뿐이었다.

그런데 뜻밖에도 마치 지옥의 사자처럼 영원히 악할 것 같은 그 치한은 대체 이 학생들이 왜 이러는지 모르겠다면서 슬그머니 꽁무니를 빼는 것이었다. 그것은 참으로 놀라운 일이었다. 그러고 나서 학교 앞 길을 걸으며 내가 어떻게 감사를 표해야 할지 몰라 쩔쩔매자 재희는 그런 감사는 필요 없다면서 내게 물었다.

"그런데 어째서 한번 맞서볼 생각도 하지 않았던 거지?"

재희는 잘 싸우지 않는 아이다. 다만 친구들에게 나쁜 일이 생기면 누구보다도 먼저 나서서 돕는 그런 친구이다. 그런데 나는 그 뒤로도 재희의 싸움을 심심찮게 목격했다.

한번은 과천으로 가는 버스 안에서였다. 우리는 결혼한 친구의 집들이에 가는 길이었다. 좌석버스였지만 퇴근 시간이라 버스는 만원이었다. 무엇 때문인지 짜증이 난 운전사는 연신 급브레이크를 밟으며 승객들을 불안하게 하고 있었다. 사실을 이야기하자면 나는 재희가 더 불안했다. 이런 운전사를 오래 참아줄 재희가 아니었다. 하지만 재희는 참고 있는 눈치였다. 무엇보다 대학을 졸업하고 이제 사회인이 되었으니 '여자다워'지겠다고 선언까지 한 후였으니까 말이다.

그런데 한 정거장에서 어떤 할머니가 올라타면서 일은 벌어지고 말았다. 노인의 구부정하고 느릿한 행동을 향하여 성미 급한 운전사의 짜증이 터져 나왔던 것이다. 운전사는 바야흐로 화풀이 대상을 만났다는 듯 제 어머니뻘 되는 그 할머니에게 차마 입에 담지 못할 욕설을 퍼부었다. 승객들 모두 눈살을 찌푸렸지만 차마 말릴 생각은 하지 못하는 것 같았다. 그때 재희가 나섰다. 그 운전사가 할머니를 향해 뱉은 것의 거의 스무 배쯤 되게 더 상스럽고 더 모욕적인 욕을 퍼부었다. 나는 재희에게 그렇게 많은 욕을 그렇게 빠르게 말할 수 있는 능력이 있다는 것을 사실 그때까지는 모르고 있었다. 그 욕설을 들은 운전사가 발끈하려 하자 이번에는 승객들이 하나, 둘 나서기 시작했다. 아가씨의 욕설도 좀 심하긴 하지만 운전사가 나쁘다는 쪽이었다. 운전사는 여전히 거칠게 브레이크를 밟아대긴 했지만 기세가 한풀 꺾인 듯 아무 말도 하지 못했다.

버스에서 내린 후 내가 물었다, 어쩌면 그렇게 많은 욕을 그렇게 잘 하느냐고 말이다. 그러자 재희가 대답했다.

"어머, 그랬어? 난 내가 무슨 소릴 했는지 하나도 기억이 안
나……."

그런 재희가 결혼을 한다. 재희는 그녀의 남편이 될 사람과 하
루에도 열두 번씩 싸움을 한다고 했다. 하지만 나는 알고 있다.
나처럼 그녀의 남편도 아마 생각할 것이라는 걸. 이 여자, 재희라
는 여자, 줄창 싸워대는 게 피곤하긴 하지만 결코 미워할 수 없
는 그런 사람이라는 걸.

왜냐하면 재희는 정말로 싸워야 할 시간과 싸우지 않아도 되
는 시간을 잘 알고 있는 정말 지혜로운 여자이기 때문이다.

남자 친구

내 또래의 다른 사람들이 초등학교 4학년만 되면 남녀의 반이 갈라진 채로 공부했던 것과는 달리―사실 이것은 얼마나 봉건적이고 부자연스러운 교육 방법이었던가. 막말로 그 나이에 뭘 안다고, 혹은 알면 또 어떤가. 알수록 인생에 도움이 되는 것이 아닌가. 어차피 함께 살아야 할 세상인데―나는 6학년까지 남자아이들과 짝이 된 채로 공부를 했다. 중고등학교 시절에는 성당의 학생 활동을 통해서 남자 친구들을 사귀었고, 그리고 대학은 남녀공학이었으므로 내게는 남자 친구들이 당연히 많았다.

내 곁의 남학생들은 때로는 나의 연정의 대상이기도 했지만, 동시에 경쟁자였고, 때로는 이성적으로 매우 싫었지만 협동을 해야만 하는 동료이기도 했다. 즉, 나는 남자들과 여자들이 세상에서 살아가는 방법을 그저 자연스레 배웠던 것이다. 여자 친구들만큼이나 오래도록 남자 친구들과 우정을 지속할 수 있었던 행운은 아마도 그런 환경에서 연유하지 않았나 싶다. 내게는 다른 아이들이 겪어야 하는 이성에 대한 각별한 호기심이라든가 신비감 같은 것들이 거의 없었고, 그것이 역으로 여학생 앞에서는 수줍은 남학생들에게 편하게 여겨졌던 것 같다.

지금 누가 물으면 자신 있게 친구라고 대답할 수 있는 10년 너머 사귀어온 남자 친구들이 내게는 몇 명 있다. 물론 대학 친구들인데 여자 친구들이 대개 아이와 가사에 얽매여 전화를 통해서만 시시콜콜 사는 이야기를 하는 재미가 있는 반면, 남자 친구들은 가끔 만나 소주잔을 기울이며 사회 돌아가는 이야기를 하는 재미도 있고, 한편으로는 그 친구들이 사회생활을 건실히 계속하고 있으므로 이 부분이 아마도 여자 친구와 가장 대별되는 점이 아닌가 싶다. 여자 친구들은 아이를 낳는 것을 계기로 거의 사회생활을 포기해야 할 형편이니 말이다. 사회적인 도움이나 조언을 청하는 일도 있다.

누군가 말하기를 이성이 친구가 될 수 있는 조건은 서로가 성적인 매력을 전혀 느끼지 말아야 한다고 했지만, 내 생각은 좀 다르다. 연인들이라고 날마다 성적 매력만 느끼는 것이 아니듯이, 남자 친구들은 분명 여자들과 다른 남성적 매력을 가지고 있다. 물론 성적인 매력이란 인간적인 매력이라는 말의 다른 이름이라고 내가 혼자서 굳게 믿는(?) 이유도 있을 것이다. 한때, 대학 1학년 즈음이라고 생각되는데 소중한 남자 친구들을 많이 잃었던 경험이 있다. 그건 내 쪽이 자연스러운 데 반해 내가 친구로 사귀었던 남자들이 아직 이성에 대해 익숙하지 못했던 데 원인이 있었지만, 나의 극히 보수적인 생각도 많이 작용했다. 예를 들어 남자 친구가 가끔 보내던 편지 속에서 희미하게나마 연정의 냄새를 맡으면 나는 다시는 그 친구를 예전처럼 자연스러운 우정으로 대해주지 못하고 냉랭해져버렸다.

사실 스무 살 시절이었고, 연정과 우정은 그렇게 무 자르듯 잘라지는 것이 아니며, 그것은 단지 잘라보아야 배추인지 무인지 알 수 있다는 여유를 가져야 한다는 것을 나는 몰랐다. 만일 그때 내게 삶이란 그런 게 아니라고 충고해주는 사람이 있었다면 나는 아직까지도 그 친구들과 귀한 우정을 나누었을 텐데 하는 생각을 하면 혼자서 부끄럽고 아쉬운 생각이 든다.

어제는 내게는 꼭두새벽인 아침 8시부터 남자 친구의 전화가 왔다. 최근에 나의 후배와 오랜 연애 끝에 결혼한 그는 내가 사회에 나와 사귄 친구인데, 나를 대단한 술친구로 생각하고 있어서 내가 요즘 아이를 낳느라 한동안 술을 대작해주지 못한 것이 여간 서운했는지 출근하자마자 전화를 해댄 것이다. 우리는 호젓한(?) 아침 시간에 전화로 한 30여 분 수다를 떨었다.

때로는 결혼을 앞둔 남자 친구들이 내게 자신의 여자 친구를 제일 먼저 선보여주기도 한다. 그런데 나보다 훨씬 젊은 그네들의 아내들이 내가 남자 친구들과 격의 없이 웃고 떠드는 것을 상당히 놀라운 눈으로 쳐다보는 것을 보면서 오히려 내가 놀란 적도 있었다. 아직도 우리 사회에는 남자와 여자라는 성의 차이가 대단한 장벽으로 남아 있는 것은 아닐까 하는 생각이 들었던 것이다. 우선은 같은 인간이고, 같은 시대를 고민하는 같은 젊은이이고, 남자와 여자는 그 다음에 구별되는 것인데 하는 아쉬움이 있었던 것이다. 사는 것이 속상하고 등이 무거운 느낌일 때도 남자 친구들은 좋은 친구가 되어준다. 여자 친구들에게처럼 시시콜콜 남편 흉을 볼 수는 없는 것이 남자 친구들의 특성이자 단점이기도 하지만, 오히려 그럼으로써 내 좁은 일상사를 벗어나 좀 더 다른 눈으로 세상을 보게 해주는 우정을 그들은 가지고 있기 때문이다.

언젠가 나의 남자 친구가 오십이 넘어서도 같이 차를 마시며 세상 이야기를 하고 싶은 친구라고 나를 소개한 일이 있었다.

"넌 도대체 나한테 그렇게도 성적 매력을 못 느끼니?" 하고 볼멘소리로 면박을 주었지만 사실 나는 그것이 어떤 칭찬보다도 기뻤다. 사람에게는 불꽃같이 타오르는 사랑도 필요하겠지만, 커피 향처럼 은은히 퍼지는 우정도 너무나 소중하니까 말이다. 그리고 무엇보다 사랑하는 부부조차, 늙어서 차를 마시며 세상 이야기를 나눌 상대가 되어줄 때에야 비로소 그 사랑을 완성하는 것은 아닐까. 삶이란 좋은 사람들을 만나는 귀한 일이라고 생각하고 있는 나는, 더 많은 친구들과 따뜻한 우정을 나누고 싶은 소망을 아직도 가지고 있다. 그 대상이 남자이든 여자이든, 심지어 남편이든 말이다.

우리는 진실을 원한다

　『무소의 뿔처럼 혼자서 가라』를 출간한 이후 가끔 비슷한 내용의 전화가 걸려오곤 했다. 전화 내용의 요지는 결혼을 하고 남편과 가정을 잘 아우르면서 자신의 일을 열심히 하는 여성들이 얼마든지 있는데도 불구하고 나의 소설은 그것이 마치 불가능한 것처럼 그렸다는 항의성 전화였다. 그럴 때마다 나는 그들에게 기혼인지 미혼인지를 묻곤 한다. 물론 나의 예상대로 그들은 모두가 미혼 여성들이었다.

　물론 결혼을 해보지 않았다는 이유로 내가 그들을 바보 취급하려는 의도는 아니다. 그러나 한 가지 분명한 것은 여성 문제에 관심을 가진 많은 미혼 여성들이 예전의 나까지도 포함하여 아직도 여성의 일과 결혼이라는 이 케케묵은 주제에 대하여 혹시

나 환상을 가지고 있는 것은 아닐까 하는 우려이다. 그리고 문제는 언제나 그들이 진실을 알아냈을 때는 이미 너무 늦어 있거나, 그도 아니면 많이 늦어 있는 경우가 많다는 것이다.

지금 현재 여성을 둘러싸고 있는 여러 가지 조건이 유지되고 견고해지는 한 여성들은 결혼이라는 제도와 자신의 성취 사이에서 끝없이 방황만 할 뿐이라고 나는 감히 단언한다. 아직 우리의 어머니들 세대가 너그러워 아이를 봐주신다거나 가사를 맡아주신다는 방법으로 잠시 그 기간을 유예시키는 운 좋은 여성들이 조금 있을 뿐.

나는 내게 전화를 걸어왔던 그들처럼 나 역시 똑같은 환상을 품었던 경험이 있고, 그런 환상이 결국 내 삶을 필요 이상으로 훼손시켰다고 생각한다.

진실을 마주 보는 것보다 힘든 것은 없지만 진실을 마주 보지 않고 해결될 수 있는 것은 하나도 없으리라.

나는 여성들에게만 이토록 불리한 이 잔인한 현실이 손바닥만 한 환상으로 얼마나 오래 은폐되어왔던가 하는 것도 아울러 함께 생각할 수 있기를 바란다.

나는 여러 독자들이 내게 질타했던 대로 소설에서 이런 현실을 뚫고 나가는 대안을 제시하지 못했다. 내가 광야에서 소리치는 예지자도 아니고, 여성 문제를 오래 연구해온 사람도 아니니 물론 그 대답을 쉽게 찾아내지는 못할 것이다. 왜냐하면 이것은 너무나 오래된 문제이기 때문이다. 하지만 우리는 찾아낼 수 있을 것이다. 왜냐하면 우리는 진실을 원하고 있기 때문이다. 우리가 얼마만큼 원하고 있느냐에 따라 현실은 느리게, 하지만 조금이라도 진전되어갈 것이다. 내게 전화를 걸어온 여성들은 정말, 그리고 나 자신은 정말 '무소의 뿔처럼 혼자 가기'를 원하고 있을까.

나는 아직도 그 대답을 잘 할 수가 없다.

무소의 뿔처럼 혼자서 가는 길

어렸을 때부터, 아주 장난 섞인 말로라도 나는 결혼을 하지 않겠다는 따위의 생각은 하지 않았다. 장난처럼 "난 시집은 가지 않고 엄마랑 아빠랑 살 거야" 같은 수줍은 대답은 해본 일이 없었다. 왜냐하면 혼자서 산다는 것은 나에게는 무서운 일이었기 때문이었다.

초등학교 6학년 때였던가, 나는 정신적으로는 친구들보다 빨리 사춘기에 진입했다. 일기장마다 고독이니 외로움이니 하는 그럴듯한 말도 꽤 많이 늘어놓고 있던 무렵이었다. 그런 어느 날 웬일인지 밤중까지 식구들이 아무도 집으로 돌아오지 않는 것이었다. 거리로 난 커다란 창문에는 혼자라는 사실에 한없이 주눅이 든 내 실루엣이 비추어지고 있고 시간은 몹시도 느리게 흘러가고 있었다.

그리고 드디어 누군가가 초인종을 눌렀다. 언니였다. 나는 영문을 몰라 하는 언니를 붙들고 현관에 앉아서 대성통곡을 해댔다. 언니는 막내인 내가 우는 꼴이 귀여웠던지 과자를 사 주며 달랬지만, 나는 눈물을 그치지 않았다. 눈물을 흘리며 펑펑 울어대는 내 꼴이 아무리 언니 앞이지만 창피하구나, 생각했지만 하는 수 없었다.

어떤 사람은 막내라는 특성이 혼자 있다는 사실을 못 견디게 만든다고도 말한다. 태어나서부터 이미 형제들이 자신의 주변에 있기 때문에 혼자 있는 훈련을 하지 못해서라고도 한다. 그래서였을까, 독신으로 산다는 것의 의미를 나는 언제나 혼자 있다는 것의 공포와 동일어로 받아들였다.

그보다 더 크고 나서는 빨리 독립이 하고 싶었고, 내게 있어서 독립을 하는 방법이라고는 고작 시집을 가는 게 전부였다. 그 이외의 방법은 모두 일탈이었고 탈선이라고 생각했을 만큼 나는 몹시 고지식한 사람이었다.

새해가 된 후 나의 친구들은 우리 나이로 모두 서른세 살이 되었다. 재수를 한 대학 친구들의 경우는 서른네 살이 된 경우도 있다. 학교를 일곱 살에 들어간 탓에 언제나 그들보다 한 살이 적어서 억울하다고 생각하던 나도, 처음으로 억울한 기분 없이 그들보다 한 살 적게 슬그머니 나이를 서른두 살로 만들어버렸다. 사실 나의 그런 행동은 여태껏 내가 살아온 방식을 생각하면 참으로 우스운 행동이었다. 딱히 젊어 보이고 싶어서라는 생각도 아닌데 왜 그랬을까. 어느 날 나는 그 해답을 얻었다. 나는 아이를 낳고 싶었고 아이를 낳기에 너무 많아져버린 나이가 조금은 두려웠던 것이다. 한번은 아직 독신으로 살고 있는 한 친구가 전화를 걸었다. 사귀고 있던 남자와 드디어 헤어지기로 결심했다는 것이었다. 그 친구는 더 늦기 전에 아이를 갖고 싶어 했다. 아무리 현대 의학이 발달했다 하더라도 여자 나이 삼십이 넘으면 사실 아이에 대해서만은 불안해지는 감정을 나는 이해할 수 있다.

"어떻게 하든 결혼해서 아이를 하나 가지고 싶었어. 그다음엔 이혼을 한다 해도 괜찮다고까지 생각했지. 하지만 생각을 바꾸었어. 아이 때문에 그와 결혼할 생각은 없어. 사실 우린 너무나 맞지 않는 부분이 많거든."

나는 그녀의 결정을 격려해주었지만 마음이 씁쓸했다. 유난히 아이를 좋아하던 그녀였는데, 하는 생각이 들었던 것이었다. 하지만 말끝에 그녀는 다시 말했다.

"생각해보았더니, 뱃속으로 낳아야만 내 애기는 아니잖아. 이제 하던 일 자리 잡고 나면 가여운 아이 하나 데려다 기저귀 갈고 우유 먹여가면서 길러볼 테야. 그 편이 훨씬 좋을 것 같지 않니?"

만일 전화로 나누는 대화가 아니었다면 나는 그녀의 손목이라도 잡아주었으리라. 갑자기 그녀가 내 친구인 것이 자랑스러웠던 것이었다. 내 핏줄, 내 새끼, 내 가족이라는 이기주의에 우리 서로가 얼마나 멍들어가고 있었던가를 생각하자. 그녀를 동정하려던 내가 부끄러웠던 것이다.

우리 선배 하나는 이혼을 한 후에 다른 가족과 함께 산다. 우리 선배와 선배의 두 딸내미, 선배의 어머니, 선배의 독신 언니, 그리고 아들 하나를 둔 다른 가족. 아이들 병원도 돌아가면서 데려가고 손님도 함께 맞이하고 아이들도 형제처럼 지내고.

만일 내가 어렸을 때 우리 어머니가 내게 결혼하지 않는다 하더라도 다른 사람들과 함께 어울려 살 수 있는 방법이 있다는 걸 가르쳐주었더라면 어땠을까 하는 생각을 한다. 늘 일이 잘못되면 부모 탓을 하는지도 모르겠지만, 우리에게는 언제나 너무 뻔하고 너무 고리타분한 아주 적은 가능성만 제시되어 있고, 우리 어머니 세대는 우리에게 더 넓고 더 다양한 세계가 있다는 사실을 보여줄 여유도 없었다는 생각이 가끔씩 가슴을 스치면 어머니의 나날들과 내 젊은 날들이 송두리째 내게 회한으로 다가오는 건 어쩔 수가 없다.

결혼은 할 수도 있고 하지 않을 수도 있으며, 그리고 결혼을 하지 않는다 해도 이 세상의 많은 선한 사람들 중의 몇 사람과 식구를 이루어 살 수도 있다고 생각하는 것, 그것이 사실은 무소의 뿔처럼 혼자서 가는 길은 아닐까?

'무소의 뿔처럼 혼자서 가라.'

책 제목은 불경에서 인용해서 내가 썼고 또 나에게 많은 즐거움과 괴로움을 가져다주기도 했지만 여전히 나를 곤혹스럽게 하는 이상한 것임을 고백해둔다.

5
|

소설을 쓰고 싶은

그대에게

함께일 수 없는 슬픔

언젠가 한 신문사 기자와 아현동 가스 폭발 현장에 간 일이 있었다. 굳이 그곳에서 사진을 찍어야 한다는 제의를 내가 마다하지 않은 것은 그러니까 그곳이 나의 고향이었기 때문이다. 하지만 그곳에 도착하고 나서 잘못 따라왔다는 것을 깨닫는 데에는 그리 오랜 시간이 걸리지 않았다. 허물어진 집터에서 사람들은 충혈된 눈으로 흙더미를 파헤치고 있었다. 이미 모든 것이 타버렸지만, 그곳에서 아직 타지 않은 것을 하나라도 더 건져내기 위해서. 그러니까 여기가 안방 자리쯤이지 더듬으며 가는 국수 가닥 같은 금목걸이를 건져 올리고 있었던 것이다. 그런데 그런 곳에서 말쑥한 투피스 차림으로 사진을 찍다니.

갑자기 내가 그곳을 떠난 후 언제나 그곳을 기억하고 있으면서도 그 후로 다시는 그곳을 찾아가지 않은 이유를 깨달을 수 있었다. 원래 그곳은 빈민촌이었다. 그 구불구불한 골목길에서 프릴 달린 원피스를 입고 피아노 가방을 들고 걸어가던 내 모습이, 그런 때 검은색 블루머를 입은 상고머리의 아이들이 나를 바라보던 그 시선들이, 그때 내 가슴을 훑고 지나가던 그 감정들이 생생히 떠올랐다. 빈민촌에서 빈민답지 않게 산다는 것, 어떤 장소에서 어울리지 못한다는 것, 그럴 때마다 소름처럼 돋는 기억과 나는 다시 마주쳐버렸던 것이다.

어머니는 다르게 기억하시지만 그 어린 시절에 나는 책을 사랑하지 않았다. 나는 어떻게든 아이들과 놀고 싶었다. 하지만 아이들은 나를 받아들여주지 않았고 설사 가끔 받아들여준다 해도 저희들끼리 짜고 내내 나를 술래로 만들어놓곤 했다. 날이 어두워지고 그네들의 어머니들이 좌판을 걷고 아현시장에서 돌아올 때까지 나는 꼼짝없이 그들의 놀잇감이었다.

아버지의 귀가 시간에 맞추어 저녁을 차려놓은 어머니가 좀 더 일찍 나를 부르러 왔지만 나는 억지로 재미있는 표정을 지어 보이고는 어머니를 따라가지 않았다. 여기서 무력하게 어머니 손을 잡고 끌려가버리면 다시는 술래로라도 저들과 한 패거리가 될 수 없다는 불안감이 나를 사로잡았기 때문이다. 하지만 내내 술래인 채로, 그것을 벗어날 길을 도무지 알지도 못한 채로 두 눈을 가리고 어둠 속에서 '무궁화 꽃이 피었습니다'를 소리쳐 외울 때면 울음이 먼저 목구멍으로 차올랐다.

하는 수 없이 서가의 책을 빼 들게 된 것은 그 때문이었다. 어머니의 기억대로 내가 원래 책을 좋아하기 때문이 아니라, 만일 아이들과 잘 어울릴 수만 있었다면, 종일 술래인 채라도 내가 얼마나 그들과 놀고 싶은지를 잘 알릴 수만 있었다면 나는 결코 책벌레가 되지는 않았을 것이다. 책 속에는 나처럼 따돌려져 내내 술래가 되어야 하는 주인공들이 많이도 있었다. 그러니 나는 나의 동료를 만난 셈이었고 이제 술래로라도 놀이에 끼워달라고 애원하지 않아도 되었던 것이다.

나는 아이들과 뛰어놀 때보다 더 맹렬한 속도로 책을 읽어 내려갔다. 어떤 시인의 말대로 그 시절 우리들을 키워냈던 삼중당문고, 좀 더 주머니가 넉넉할 때는 동서문학사의 문고판 명작들을 읽었다. 그 깊은 의미들을 열몇 살이었던 내가 어떻게 다 이해할까만 어쨌든 그것들을 다 읽어치우고 난 다음에는 하는 수 없이 외국의 시시껄렁한 연애소설을 읽어치웠다. 《선데이 서울》도 권권이 독파했고 우연히 새로 발간된 『토지』 1부를 읽은 것도 그 무렵이었다.

그러니 소름처럼 돋는 내 기억과 마주쳐버린 그날 내가 두 권의 책을, 바로 『토니오 크뢰거』와 『호밀밭의 파수꾼』을 꺼내 든 것은 우연만은 아닐 터이다.

이 두 소설의 같은 점은 둘 다 어린 시절의 이야기가 나온다는 것이고, 둘 다 도회에 살고 있으며, 둘 다 부르주아 가정의 아이들이고, 그리고 둘 다 끼어들지 못하는 슬픔을 가지고 있다는 것이다.

그래서 토니오 크뢰거는 '누구나 지독하게 사랑하면 패배당한 자이고, 괴로움을 받아야만 한다는 그 간결하고 악착스러운 진리'를 열네 살 나이에 남보다 일찍 알아차린다.

그뿐인가. 『호밀밭의 파수꾼』의 주인공 홀든은 낙제생으로 명문고에서 쫓겨나 뉴욕의 거리를 배회하게 된다. 겨울이 되고 호수가 얼어붙으면 '센트럴 파크의 오리들은 다 어디로 갈까?' 하는 홀든의 의문 따위를 이해해주는 사람은 단 한 사람도 존재하지 않는다. 하지만 홀든은 '혼자서' 가지고 있는 꿈이 있다. 그것은 '호밀밭에서 아이들을 지켜주는 호밀밭의 파수꾼이 되고 싶다'는 것이다. 하지만 홀든은 끝내 정신병원에 갇히고, 크뢰거는 예술가로 성장한 다음에도 결코 사람들 틈에 끼어들지 못한다.

'아무리 많은 사람들 틈에 끼여 있어도 제 이마에 찍힌 표지를 깨닫고 느끼며 어떤 사람도 속일 수가 없어서 곪아터지는 의식'을 가지게 된 까닭이다. 그는 '예술가로서는 완전하였지만 인간으로서는 불쌍했던 것'이다.

며칠 후 어떤 기자를 만날 일이 생겼다. 이런저런 이야기 끝에 그는 나에게 왜 소설가가 되었느냐고 물었다. 나는 『호밀밭의 파수꾼』에 나오는 주인공 홀든이 동생 피비에게 하는 말을 인용했다.

"내가 진짜로 되고 싶은 것은 호밀밭의 파수꾼이야. 넓은 호밀밭 같은 데서 몇천 명의 아이들이 있을 뿐 주위엔 아무도 없어. 나 이외에는 어른이 아무도 없단 말이야. 나는 위험한 벼랑 끝에 서 있는 거지. 내가 하는 일이란 누가 잘못해서 벼랑으로 굴러 떨어지는 일이 생기면 그 애를 붙잡아주는 거지. 말하자면 애들 은 어디를 달리고 있는지 보지도 않고 뛰잖니? 그런 때에 나는 어디선가 재빨리 달려 나와서 그 애를 잡아주는 거야. 하루 종 일 그 일만 하는 거라구. 즉, 호밀밭의 파수꾼이지. 내가 정말 되 고 싶은 건 그것밖에 없는걸……."

그러니까 이 세상에서 소설가가 할 일은 그저 달려가는 현대 인들에게, 호밀밭의 파수꾼 같은 사람이 되어야 하는 건 아닐까 요, 하고 꽤나 혼자 감동해서, 주인공 홀든보다 더 장황하게 이야 기를 해버린 것이다. 내 얘기를 듣던 기자는,

"소설가들은 이상하게도 참 말이 많아요."

하는 말을 해버렸다. 도무지 무슨 소리인지 모르겠다는 얼굴 이었다.

그날 밤도 나는 돌아와 『토니오 크뢰거』를 펴 들었다. 『돈 카 를로스』의 슬픈 장면을 이해하지 못하는 친구 한스 한젠 때문에 비애를 느끼던 소년 크뢰거는 몇십 년이 지난 후 혼자 독백한다.

"약속했던 『돈 카를로스』를 이제 읽어보았느냐? 한스 한젠, 이 제 그런 짓은 그만둬라. 고독해서 우는 왕이 네게 무슨 상관이 있겠느냐?" 하고.

그러면 잠 안 오는 밤에 나도 혼자 중얼거려보는 것이다.

"그래, 이제 그런 짓은 그만둬라. 한스 한젠. 고독해서 우는 왕이 네게 무슨 상관이 있겠느냐" 하고.

내 인생의 중심은 나

지금도 그렇지만 어렸을 때부터, 누구에게든 그저 순종만 하면서 모든 것은 그저 '운명'이었다는 여자 주인공들을 보면 나는 동정심 대신 부아부터 치밀곤 했다. 어린 시절 일찍부터 책을 즐겨 읽으면서도 작가가 될 생각은커녕 소설 속의 주인공도 될 수 없다는 걸 알게 되었기 때문이었다.

대개 소설 속의 여자 주인공들은 아름답고 연약했으며 항상 말이 적고 소설에 등장하는 모든 등장인물들이 그녀만을 사랑했으며 게다가 체면상 차마 하지 못하는 어려운 일은 그녀 곁을 맴도는 씩씩한 역의 여자 조연들이 다 처리해주는 것을 보았으니까 말이다. 나는 아마도 체념하고 모든 것을 '운명'으로 받아들이는 그녀들을 질투했던 것 같다. 그래야 사랑을 받을 수 있는

데, 그렇지 못해서 사랑도 못 받는 것 같아서 말이다.

나로 말하면 주인공이 아니라 그 곁에 있는 주책스러운(?) 조연들의 성격을 가지고 있었지만 누군지도 모르는 주인공들을 위해 인생을 살고 싶은 생각 같은 것은 전혀 없었으므로 그저 나와 비슷한 남자 주인공들이 나오는 소설 속으로 빠져들어갔다. 그리고 점차 여자들을 보는 눈을 그네들과 동일한 수준으로 익혀갔다.

그러자 이상한 일이 일어났는데 여자의 입장에서 보면 '부아가 치밀도록 답답'한 여자들이 내가 동일시해야 할 남자 주인공의 입장에서 바라보자 '청순가련하고' '그저 감싸주고 보호해주고' 싶은 여자들로 보이더란 것이었다.

그럴 즈음 내가 손에 든 책이 있었는데 바로 『제인 에어』였다. 누구나 세계명작을 읽기 시작할 때 제일 먼저 손에 집어 들었음 직한 이 소설은 바로 이러한 의미에서도 내게는 특별한 것이었다. 주인공 제인은 숙모에게 반항하고, 버릇없는 사촌들 앞에서 제 고집을 꺾지 않으며, 남자들에게 인기도 없고, 더구나 예쁘지 않았다. 그러나 그녀는 혼자 힘으로 살아가야겠다는 의지를 꺾지 않으며 인생을 헤쳐나간다.

그녀에게도 물론 이 세상 누구에게나처럼 시련이라는 것이 운명의 외피를 쓰고 찾아오지만 그녀의 선택은 언제나 주체적이었다. 읽는 이들에게 얼핏 기적이라는 느낌을 줄 정도로 절실한 사랑 앞에서도 그렇다. 하물며 그녀가 신봉하고 서구가 지배당하는 커다란 기독교적인 명분으로 다가오는 완벽한 남자 세인트 존의 청혼을 거절하는 이유도 그러니까 한마디로 '내 맘이 끌리지가 않아서'였다. 이런 일은 다른 책에서는 오직 남자들에게서만 일어나는 일이었는데 말이다.

『제인 에어』를 읽고 났을 때서야 나는 비로소 서가에 꽂힌 다른 책들을 즐거운 마음으로 차례차례 뽑을 수 있었다. 그때 내 나이 열세 살이었던가, 사춘기에 접어든 나는 죽어라 하고 어머니에게 반항하고 있었던 것이다. 그리고 그것 때문에 어머니에게 죽어라 하고 혼이 나면서 나는 생각하고 있었던 것이다. 역시 나는 참으로 나쁜 아이가 아닐까.

'나쁜 아이'가 된다는 것은 공포를 의미했다. 그것은 더 이상 사랑받을 자격이 없는 일이었으니까 말이다. 그런데 여기 '어른'에게 반항하는 제인 에어가 있었던 것이고, 그녀는 끝내 사랑까지 쟁취하지 않는가.

예쁘지도 않고 그리 사랑받지도 못하는 여자인 내가, 다만 자기 인생과 선택에 대한 무서운 책임감만 가지려고 노력한다면 소설의 주인공처럼 될 수 있다는 희망이 보였던 것이다. 그건 어떤 의미에서는 내게 인생의 지표를 말해주는 것이기도 했다. 왜냐하면 나도 주인공이 될 수 있을 테니까 말이다. 아마도 『제인 에어』가 없었다면 나는 작가의 꿈을 꾸지 않았을지도 모른다는 비약은 그러므로 지나친 비약일까. 하지만 나는 생각한다. 작가가 되었든 되지 않았든 적어도 그 책을 통해서 내가 바로 내 인생의 주인공이라는 용기는 얻을 수 있었다고. 물론 이 문제는 지금까지도 나의 숙제이기는 하지만.

용기는 자신을 사랑하는 힘으로부터 나온다

　나는 앤 타일러의 소설을 좋아한다. 미국 작가 드라이저나 스타인벡, 그리고 샐린저도 좋지만 어쨌든 그들은 옛날 사람들이고, 옛날에야 사람들이 다 지금보다는 순수했으니 당연히 그들의 소설도 좋았겠지 하는 마음에 점수가 조금 낮아진 것도 사실이다.

　하지만 나로 말하면 최근 미국 작가들의 소설은 그리 좋아하지 않았다. 그러던 어느 날 언니네 집을 봐주다가 집어 든 앤 타일러의 소설, 『우연한 여행자』를 펴 들었을 때의 감동을 아직도 나는 기억하고 있다. 아, 미국이라는 사회에는 꼭 할리우드에 나오는 사람들 같은 사람만 사는 것은 아니구나 하고 혼자서 어리석게 기뻐하기도 했다.

뮤리엘 프리체트.

이처럼 이상스러운 울림을 가진 이름의 그녀는 이 소설에 나오는 세 명의 주인공 중의 한 명이다. 그녀는 일곱 살 된 아들 알렉산더를 데리고 사는 이혼녀이다. 열여덟 살에 동창생 노먼과 살림을 차렸지만 그들 사이에 아이가 태어나자마자, 제 엄마 손에 끌려간 남자 노먼에게 버림받고 그 후 창녀 빼고는 모든 직업을 거친 여자……. 그렇다고 우울한 얼굴을 떠올려서는 안 된다. 번쩍이는 의상과 진한 매니큐어, 그리고 쉴 새 없이 떠들어대는 입을 가진 여자. 설거지할 때마다 몸을 흔들며 고래고래 노래 부르는 여자. 아내로부터 일방적인 별거를 선언당한 소심한 여행기 작가 메이콘의 개를 조련하면서 메이콘과 나의 인생에 개입하게 되는 이 여자를 어떻게 설명하면 좋을까.

깡마른 다리를 가진 여자, 거칠고 마른 피부를 가진 여자, 처음 개를 조련하는 법을 배울 때 자신의 몸을 덮친 도베르만의 밑에 깔려 거의 죽을 것 같은 공포를 느끼지만, 그 위기 상황에서 감히, 그렇지만 단호하게 이렇게 말하는 여자.

"안 돼! 절대로 안 돼."

메이콘과 함께 길을 걷다가 얼치기 소년 강도를 만났을 때에도, 그가 내미는 총구 앞에서 벌벌 떠는 메이콘을 두고 그녀는 이렇게 말하면서 소년의 뺨을 후려쳐버렸다.

"안 돼! 절대로 안 돼."

메이콘은 부끄럽고 놀라면서 생각한다. 도대체 이 여자는 어디서 이런 용기가 났을까. 물론 메이콘처럼 나도 생각했다. 대체 어떻게 그 무서운 총 앞에서 그럴 수가 있을까. 하지만 나는 이제는 대답할 수도 있을 것 같다. 그건 자신을 사랑하는 힘으로부터 나온 것이라고. 왜냐하면 나를 사랑하고 누구든 내 삶을 훼손시키지 못하게 하겠다고 생각하는 사람은 그렇게 말할 수 있기 때문이다.

"나를 훼손하는 건 안 돼. 절대로 안 돼."

하지만 밤늦은 시간 잠도 안 오고 누군가와 이야기하고 싶을 때 "지금 시각을 알려드리겠습니다. 밤 1시 1분 1초, 2초, 3초……"에 전화 거는 여자. 아직 뮤리엘과 아무 관계도 아니었을 때 출장차 뉴욕에 간 메이콘이 빌딩 스카이라운지에 올라가 그제야 고소공포증을 느끼고 공포에 떨었을 때, 가족과 친지 누구도 그를 도와줄 수 없었던 그 상황에서 메이콘이 전화했을 때 그녀는 말한다.

"나도 그랬어요. 그런데 별거 아녜요. 희박하지만 그래도 공기는 있을 거 아냐라고 생각하세요. 생각해요. 별거 아니라고."

밀린 집세를 내기 위해 유부남과도 동거하는 여자, 심령술도 믿고 점성술도 믿고 전생도 믿고 내생도 믿고 종교는 없지만 신앙심은 깊은 여자, 작은 것 하나를 얻기 위해서도 그토록 힘겨운 투쟁을 해야 했던 삶을 살았으면서도 신이 자신을 보살펴주고 있다고 굳게 믿는 여자. 그러니까 용감무쌍한 여자. 병원에 있을 때 환자를 싣고 막 도착한 구급차를 향해 달려 나가는 사람들을 내려다보면서 그녀는 쓸쓸하게 말한다.

"내가 만일 다른 별에서 지금 도착한 사람이라면 지구 사람들은 참 친절하구나 생각하겠죠."

그녀는 인생에 지치고 인간에 적의를 가진 메이콘의 마음속에서 마침내 사랑의 마음을 이끌어낸다. 왜냐하면 메이콘과 처음 잠자리를 가지던 날 그의 고통스러운 과거 이야기를 들으면서 그의 손을 잡아끌어 제 배의 제왕절개 수술 자국에 가져다 대고 이렇게 말할 줄 아는 여자이기 때문이다.

"나도 이런 상처 자국을 가지고 있어요. 우리 모두 상처 입은 사람들이에요. 당신 한 사람만 그런 게 아니라구요"라고.

그러면 나도 책을 덮고 생각해보는 것이다.

'그래, 상처 없는 영혼이 어디 있겠니…… 너만 그런 게 아니라구……' 하고.

소설을 쓰고 싶은 T후배에게

저는 가끔씩 혼자서 이런 질문을 해봅니다. 일기도 쓸 수 있고 친구한테 편지도 쓸 수 있는데 내가 왜 소설을 쓸까 하는 질문입니다. 저는 여기에 소설을 쓰는 해답이 담겨 있다고 생각합니다. 불특정 다수에게 들려주고 싶은 이야기가 있다는 것입니다. 그것 이외의 이야기는 일기에 쓰지요.

저는 개인적으로 소설가들은 독자들에게 어떤 식으로든 책임을 질 의무가 있다고 생각하고 있습니다. 예를 들어 독자들은 서점까지 나가서 몸소 책을 사고 이 어려운 세상에서 힘들게 번 돈을 지불하며 그것을 읽기 위해 또 귀중한 시간을 투여한다는 말입니다. 그런 사람들이 책을 덮는 그 순간에 1센티미터라도 더 깊어지는 눈을 갖게 하는 것이 바로 소설이 존재하는 이유가 아닐까요. 그것이 제가 알고 의도한 것이든 모르는 순간에 독자 스스로가 그렇게 해석한 것이든 어떤 식으로든 작가는 사회와 더불어 사는 존재라는 생각을 하고 있는 것입니다.

얼마 전 어느 기자에게 "내게 미래를 보는 눈이 있어서 대학이 어떤 곳인 줄 알았더라면 나는 아마도 대학에 가지 않았을 것 같다"라는 말을 하기도 했습니다. 지금 생각해보면 꼭 그렇지도 않지만 그때 저는 그 시절을 회상하기가 몹시 괴로웠나 봅니다. 하지만 내게는 대학 시절이 있었고, 그것이 나의 이십 대였기 때문에 나는 그 당시를 다룬 소설들을 발표했습니다. 제가 1963년에 태어났으니까 80년대에 대학에 입학할 수밖에 없었던 거죠. 설사 제가 대학을 다닌 시절이 80년대가 아니었다 하더라도 저는 아마 대학 시절을 다룬 이야기들을 썼겠지요. 우리나라와 같은 상황이든 아니든 이십 대라는 것은 사실 누구에게나 큰 변혁의 시기이기 때문입니다. 그것이 꼭 대학이 아니라도 말이지요.

어쨌든 역사에 가정이란 없으니 저는 80년대에 그 이십 대를 고스란히 바치고 말았습니다. 어떤 분들은 제게 자꾸만 이제 그만 80년대를 잊어라 잊어라 하십니다. 그 말뜻이 이제 소설의 세계를 좀 더 넓혀나가라는 고마운 말씀인 줄 알 만큼도 되었습니다만, 잊을 만한 새롭고 신선한 상황도 없는 상황 속에서 잊으라고만 한다는 것을 저는 개인적으로 부당하게 생각합니다. 그것은 분명 그저 잊어버려야만 좋은 하룻밤의 악몽이 아니었기 때문입니다. 잠시 개인적으로 이야기를 하자면 10년 전에 꾼 꿈의 내용까지 기억하는 저에게 잊는다는 것은 사실 가장 힘겨운 일이기도 합니다.

저로서는 고등학교 시절 한때 수녀가 되라는 신부님의 권유를 받기도 했고 정말 그럴까 고민도 했습니다만, 우습게도 수녀가 되지 않았던 가장 큰 이유는 제복이 싫어서였습니다. 그토록 매이거나 속박받는 것을 싫어하는 제가 80년대라는 상황을 헤치면서, 우리보다 훨씬 더 폭력적인 사람과 싸우기 위해 가혹하기까지 한 규율이 필요한 운동이라는 것을 하면서 개인적인 상처를 안 입을 수가 없었겠지요.

그래서 남들이 감옥으로 끌려가 고문을 당하고 있을 때 저는 혼자서 그 운동 단체를 도망쳐 나왔습니다. 우습게도 상처는 저 혼자 받았더군요. 실컷 도망쳐 나와서는 말이지요. 그때의 자괴감, 죄책감……. 악몽을 꾸는 것이 무서워서 잠을 잘 수 없었던 날도 있었습니다. 그런 상처를 글쓰기라는 것을 통해서라도 풀어내지 못한다면 저는 아마 어떤 식으로든 몹시 비뚤어지고 말았을 것 같습니다. 시작은 그것이었습니다.

하지만 그런 의미가 아니더라도 제게 문학과 종교는 같은 개념입니다. 초등학교 2학년 때였던가, 내 짝꿍에 의해서 크레파스를 훔쳐간 도둑으로 몰린 일이 있었습니다. 너무 억울해서 며칠 동안 잠을 자지 못할 정도였는데 그때 어머니가 해주신 말씀이 생각납니다. "너만 아니면 된다. 진실은 진실이니까"라는 말씀이었지요.

그 말씀은 어떤 의미에서 제 인생의 전환점이었습니다. 누구도 나를 믿어주지 않는다 해도 신만은 나를 알겠지 하는 믿음에서 종교를 가졌고, 누구도 내 말을 들어주지 않는다 해도 일기장은 내 말을 들어준다는 믿음으로 글을 써 내려갔으니까요.

 저는 서울의 도심부에서 태어나서 정치나 시대의 변화를 가장 빠르게 접할 수 있었습니다. 제가 사춘기에 접어들던 무렵에는 이미 언니와 오빠는 대학생이어서 저는 그들의 몸에 밴 최루탄 냄새도 맡을 수 있었습니다. 그런데 어린 시절 제게 있어서 그런 것들은 큰 영향을 끼치지 못했던 것 같습니다. 얼마 전 중학 시절의 습작 노트가 발견되어 혼자 읽어보고 웃은 일이 있는데 그때 혼자서 쓴 소설들은 거의 환상 세계나 만화 같은 것들이었지요.

 소설가가 되어서 제가 책으로 묶어 발표한 소설을 돌이켜보면 제 소설 속에서 제가 겪은 체험담은 거의 없습니다. 아마 반영은 되었겠지만요. 처음에는 체험을 썼느냐는 질문을 하도 많이 받아서 기분이 나쁘기도 했지만 이제는 그저 내가 거짓말을 참 그럴듯하게 하는구나, 라고 생각해버리기로 했더니 마음이 좀 편합니다.

 하지만 통과의례적인 작품은 계속 쓰게 될 것입니다. 아마 죽을 때까지 말이에요. 왜냐하면 인생은 한번 지나가버리면 다시는 돌아오지 않는 것이니 매 순간이 제게는 성장의 기회이기 때문입니다. 통과의례라는 것이 어떤 성장의 개념을 포괄하는 것이라는 한에서 그렇지요.

『더 이상 아름다운 방황은 없다』를 탈고했을 때 저는 사실 이로써 내 젊음은 정리되었다고 생각했어요. 그런데 그게 아니더군요. 삶이 변하듯이 소설도 변하고 개념도 변하더란 말입니다. 황석영 씨가 언젠가 "소설은 그 사람이 산 만큼만 씌어진다"라는 말씀을 하셨는데 저는 그 말을 작가로서의 좌우명으로 삼고 있어요.

80년대를 처절하게 살았다는 말에 대해서 다시 이야기하자면 저는 참 할 말이 없지요. 그저 흉내라도 내려고 애썼을 뿐입니다. 이것은 겸손이 아니라 사실이지요. 그래서 80년대를 혼자 산 사람처럼 이야기할 때는 저보다 열심히 살아서 저를 늘 부끄럽게 만들었던 동료나 선배, 그리고 후배들에게 진심으로 미안한 마음이 듭니다. 그러나 80년대는 운동을 하고 살았든 그렇지 않든, 혹은 그때 젊었든 늙었든지, 그도 아니면 그때 가해자의 입장에 섰든지, 피해자의 입장에 섰든지, 우리 모두의 것이었습니다. 그것은 소설의 주제이기에 앞서 역사였고, 역사는 우리 모두가 만들어가는 것이기도 하면서 우리 모두를 만들어내기도 하는 것이니까요.

타락한 시대를 표현하는 타락한 양식이 소설이라는 말이 기억납니다.

80년대에는 오히려 써야 할 주제가 한 가지라는 점이 몹시 괴로웠습니다. 제 데뷔작의 제목이 「동트는 새벽」이었는데 괴롭고 슬프고 그래서 길었던 밤의 이야기입니다. 하지만 소설의 끝에서는 동이 트지요. 지금은 정말로 동이 터올 것을 너는 믿기라도 했는가, 하는 생각이 듭니다. 사실을 이야기하자면 그렇기도 하고 그렇지 않은 것 같기도 합니다. 하지만 소설의 결론은 명확했지요. '동이 터'오니까요. '동이 터'온다는 확신이 있어야만 했으니까요. 그것은 개인의 예술 세계를 운운하기 전에 하나의 필연이었습니다.

주제가 한 가지밖에 없었다는 말은 바로 이런 점을 두고 하는 말입니다. 소설가가 영원이나 먼 미래를 내다보지 않고 고작 시대에 갇혀 있었느냐고 비난하고 싶으시겠지요. 예, 아주 개인적으로 말해서 저는 그 말을 칭찬으로 받아들입니다. 저는 기꺼이, 그리고 당연히 시대에 갇혀 있었으며 아마도 앞으로도 그럴 것 같습니다.

반면 상대적으로 요즘 같은 경우는 쓸 이야기가 너무나 많지요. 타락하는 방법들도 가지가지이니까요.

제 생각에는 이제 개인과 자본주의 논리와의 전면전이 시작된 것 같습니다. 그래서 요즘에는 샐러리맨들에 대해 큰 관심을 가지고 있어요. 한 달 살 만큼만 돈을 준다는 사실의 무서움을 절감하는 거지요.

게다가 대개는 홀몸들도 아니고 부양가족들이 줄줄이 딸려 있는 판이니 거의 한 달마다 노비 문서에 도장을 찍는 기분으로 사는 게 아닐까 하는 생각이 듭니다. 예전에는 대자본까지 좌지우지하는 권력과 재야라고 통칭되던 견제 세력 간의 대결이었다면, 지금의 상황은 자본과 견제 세력들 간의 대결이라는 거지요. 그 견제 세력이라는 것이 이제 각개로 격파되고 있는 기분입니다. 견제 세력을 효과적으로 제거한 자본은 이제 마음껏 활개를 치고 있는 거지요. 그러나 줄다리기에서 상대가 손을 놓아버렸을 때 그 자신도 뒤로 밀리게 된다는 사실을 그들은 알고 있을까요?

개인과 사회의 대립, 갈등 같은 기본 구도는 아마 구석기 시대에도 비슷하게 존재했을 것입니다. 문제는 상황들이 특화되고 복잡해졌다는 이야기겠지요. 가령 김유정 시대에 가난을 이야기하면 이는 사회 문제이자 누구나 공감하는 보편적인 문제이기도 했습니다. 그 가난은 단순히 배고프다는 가난에서 시작된 것이니까요. 머슴이라는 사람이 등장한다면 머슴은 머슴이니까 설명이 필요 없겠지요. 요즘의 예를 들어 신문기자 한 사람을 표현하려면 그냥 기자, 이렇게 해서는 누구나 알 수 없지요. 무슨 신문, 무슨 부서의 누구이며, 그 신문은 어떤 성격을 가지고 있어서 그의 기자 생활에 어떤 영향력을 미치고 있으며, 그 개인으로 말하자면 어떤 경로를 거쳐 기자가 되었는지부터 복잡한 설명과 묘사가 필요해지는 거잖아요. 그래서 단순한 시대에는 짧은 이야기(단편)가 가능했고 훌륭한 작품이 많이 나올 수 있었던 거지요.

요즘 많은 작가들이 단편보다는 장편을 쓰려고 하는 경향이 있는데 이것을 꼭 상업적인 동기로만 몰아붙여서는 안 될 것 같아요. 어떤 의미에서는 현대 사회의 복잡하고 다기한 성격을 반영하고 있는 것이니까요. 현실의 갈등이 이렇게 복잡하고 다양하니까 더 복잡한 설명이 필요해지고 더 복잡한 인물들을 묘사해야만 하니까 소설은 길어질 수밖에 없는 거지요.

그런데 이런 한편으로 문학의 위기라는 것이 논해지고 있습니다. 사실 지금 위기 아닌 것이 대체 몇이나 되냐고 묻고 싶지만 저도 실감은 합니다. 사실 요즘의 베스트셀러 목록에는 예전에는 늘 끼여 있었던 소설들이 사라지는 추세를 보이고 있으니까요.

어렸을 때 내가 생각했던 작가의 이미지는 작품을 구상하는 일에 고통을 느끼는 멋있는 사람이었습니다. 그도 아니면 경제적인 고통들 같은 거. 그런데 막상 작가가 되고 나니까 제일 힘든 일은 전화를 받는 일이에요.

옛날에 저는 사모하는 작가에게 편지 쓸 꿈도 못 꾸었는데 요즘은 작가들을 무슨 '최진실'로 아는 것 같아요. 만나자, 못 만나겠다는 이유가 뭐냐, 우리 모임에 와서 얼굴 한번 보여달라는데 웬 건방이냐, 우리들이 공지영 씨 책을 얼마나 팔아췄는지 아느냐 모르느냐, 그 신문에는 인터뷰하면서 우리 잡지에는 왜 못 하냐, 우리를 무시하는 거냐, 하는 사람들에서부터 부부 문제 상담을 요청하는 전화, 심지어 돈을 꾸어달라고 하는 전화까지.

그러나 그보다 더 고통스러운 것은 그것을 거절하는 일입니다. 이제 제가 예전에 꿈꾸었던 작가는 더 이상 존재하지 않습니다. 시쳇말로 '떴다' 하면 진을 빼기 전까지는 절대 놓아주지 않습니다. 그러고 나서 작가가 휘청거리면 '이제 맛이 갔다'고 흉을 보겠지요. 그래서 이제 작가들에게는 자신을 지키는 싸움이 가장 절실해진 것 같습니다.

얼마 전에 만난 한 소설가 선배는 자신도 그런 상황에서 시달리고 있다고 하면서 차라리 매니저라도 있었으면 좋겠다는 말을 하더군요. 매니저라는 가장 고도한 자본주의의 엔터테이너라도 필요한 현실, 이것이 오늘날, 소설가라는 우리들의 사정입니다.

『고등어』를 출간할 때는 『무소의 뿔처럼 혼자서 가라』가 많이 팔려나간 것 때문에 부담감을 많이 느끼고 있었어요. 오히려 편집자에게 이건 10만 이상 안 나갈 책이니까 광고도 많이 하지 말아달라고 부탁까지 했어요. 이것은 그저 우리 80년대 세대들에게 바치고 싶은 책이고 부끄럽게도 그들은 이런 이야기를 싫어할지도 모른다는 또 다른 두려움도 있었습니다. 그런데 『고등어』가 더 빠른 속도로 팔려나가니까 나도 왜 그런지 잘 납득이 가지 않아 고민스러웠습니다. 왜 이런 일이 벌어지는가를 검증하는 방법을 주로 독자들의 편지에 의지해서 생각해보면, 우선 많은 사람들이 아직도 어떤 의미로든 80년대를 진지하게 되새겨보고 싶어 하는 것이 가장 큰 이유인 것 같습니다. 고등학생들에게까지 편지가 오곤 했으니까요.

그 이외에 몇 가지 이야기를 하자면 제 문장과 이야기 방식에 있는 것 같아요. 제가 성격이 너무 급하고 또 쓸데없이 어렵게 이야기하는 것을 싫어하기 때문에 같은 말이라도 되도록 쉬운 표현으로 하려고 노력하지요. 그래서 누구에게나 부담감 없이 다가갈 수 있었던 것이 아닐까. 사실 바로 이 점은 제가 스스로 느끼고 있는 제 문학에 대한 콤플렉스인데 이것이 대중적인 면에 있어서는 장점이 된 것이 아닌가 싶어요.

최근에 서평을 쓰기 위해 『나는 빠리의 택시 운전사』를 읽으면서 저는 소설적 장치의 중요성을 느꼈습니다. 그렇게 좋은 이야기가 조금 더 밀도 있는 구성이나 흐름으로 씌어졌다면 얼마나 더 좋았을까 하는 생각—물론 그 책의 경우는 소설도 아니니까 그런 점들이 더 대중에게 어필할 수도 있겠지만 말이지요—이 들었어요. 바로 이 점이 소설가와 아마추어를 구분하게 해주는 점이 아닐까 싶은데…….

저는 물론 소설적 장치라는 것이 소설적 기교라는 말과 동의어라고는 생각하지 않아요. 장치가 발생하는 것은 소설가가 하고자 하는 말보다 적게 말을 아낄 때라고 생각하고 있어요. 그러면 독자들은 소설가의 함축적 의미를 주의 깊게 살피면서 그가 말하고자 하는 것보다 적게 듣고 있구나 하는 생각이 들게 되겠지요. 말을 하고 있을 때와 마찬가지로 낮은 소리로 적게 이야기하는 사람의 이야기에 오히려 귀를 기울이게 되는 거지요. 거기서 긴장감이 발생하거든요. 마치 배추 사세요, 하는 반복되는 확

성기 소리에는 귀 기울이지 않지만 조그맣게 들리는 소리에는 신경이 곤두서듯이 말이지요.

그래요, 대중 문학과 문학다운 문학에는 분명히 차이가 있어요. 어떤 사람은 좋은 작품을 가리켜 향기가 있다고도 하고 어떤 사람은 뉘앙스가 있다고도 이야기하는데 저 같은 경우는 뭐 그런 단어를 생각한다기보다는 그저 두 페이지쯤 읽어봅니다. 그러면 느낌이 와요, 길지 않은 작가 생활이었지만 이 작가가 어떤 자세로 소설을 쓰기 시작했구나 하는 것도 이제는 대충 감이 잡히고……. 어쨌든 피와 살이 안 된다 싶은 소설이라면 딱 덮어버립니다. 설명하기는 힘들지만 문장의 격이 있나 없나를 살핀다고 할까요? 그리고 그 격을 지켜나가면서 더 높은 차원으로 나아가는 것이 저의 과제라고 생각하고 있습니다. 저는 이 간극을 '삶에 대한 진지한 통찰'로 극복하고 싶어요. 스물일곱 살에 쓴 『더 이상 아름다운 방황은 없다』에서는 '젊다는 게 너무 힘겨워' 이런 표현을 썼는데 아마 마흔 살이 된다면 표현이 달라지겠지요.

다른 이야기입니다만 생활이 조금 여유가 있어지면서 시장에 가서 예전처럼 주머니의 동전을 걱정하면서 반찬을 사지 않아요. 이것이 제게는 고민입니다. 모두가 힘겨워하는 것을 같이 느끼고 싶은데 내가 오히려 점점 멀어지는 건 아닌가 싶고요. 저는 제가 그저 머리를 굴리면서 소설을 쓰게 될까 봐 그게 가장 두렵습니다. 예술가라는 것은 문인들이 모이는 카페에 앉아 술을 마시며 인생을 논하는 사람들이 아니라 삶의 한복판에 서 있는 사람들이라고 저는 생각하고 있습니다. 예술이라는 것을 삶에 대한 본질적인 통찰이라고 생각하고 있는 저는 어느 순간이든 우리는 이 타락하고 시끄러운, 그래서 때로는 도망치고 싶은 삶의 한복판에 서 있으려고 노력하고 있습니다.

그렇다고 그것이 뭐 순교자의 자세는 아니구요. 만일 제가 소설로 살 수 없다면 저는 아마 택시 운전사나 ─ 왜냐하면 운전을 잘하거든요 ─ 파출부라도 할 겁니다. 몇 년 전에 2년 동안 혼자서 아무런 돈벌이도 없이 살았던 적이 있었어요. 생활비를 빌려 쓰느라고 빚은 쌓이고 작품은 안 되고 그럴 때였는데 영화 대본의 번안을 요청한다든지 하는 유혹이 많았지요. 그때 하도 화가 나서 "내가 굶어 죽게 되면 설사 몸은 팔아도 글은 안 판다. 몸을 팔면 그 남자만 알겠지만 글을 팔면 자식에게까지 기록이 남는다"라고 말했죠. 나 자신의 가난에 대해 화가 나서 한 과격한 말이었고 글에 대한 지나친 숭앙도 있는 말이라 여겨집니다마는 그래도 그 신념 하나로 버텼어요. 요즘 가난하다는 이유 하나만으로 아무 글이나 써주고 있는 후배들을 보면 얼마나 힘들면 저렇게 괴로운 짓을 할까 하는 생각을 하면서도 문득 걱정스러워요.

이 땅에서 소설가란 무엇일까요. 시골이나 그런 곳에 갔을 때 제가 소설가라고 해도 저를 모르는 사람이 대부분입니다. 그래도 그들은 아아, 글을 쓰시는군요, 한단 말이지요. 사진작가라고 하거나 화가라고 말할 때와는 저를 대하는 분위기가 뭔가 달라요. 그 이유가 뭘까 생각해보면 우리나라가 여러 가지로 모든 전통이 무너지고 그랬지만 아직도 문(文)에 대한 숭상만큼은 어느 정도 남아 있는 까닭은 아닐까 생각합니다. 하지만 이런 특수한 상황들 위에도 저는 아직도 소설에 대해 자부심을 가지고 있고, 더군다나 희망도 가지고 있어요.

제가 소설에 기대를 거는 이유는 소설이 가장 자본이 적게 드는 예술이라고 생각하기 때문입니다. 그만큼 대자본에 대한 의존성이 적다는 거지요. 소설과 비슷한 이야기를 가진 영상 산업의 경우는 그게 어려워요. 보통 자본 10억이 필요하니까요. 그건 적은 돈이 아니고 10억을 내주는 자본가가 그래, 네 마음대로 해봐라. 나를 욕해도 좋다, 라고 말하지는 않지요. 그것이 더 큰 돈을 가져오는 경우라면 또 모를까. 저는 산업적인 측면에서 본다 하더라도 소설이라는 것이 마지막까지 양심을 지켜낼 양식이라고 봅니다. 물론 최근의 여러 징후들은 이런 제 생각을 무너뜨리게 하는 여러 가지 양태로 나타나고 있습니다만 그래도 희망을 거는 편이지요.

어쨌든 저는 문학이 주는 고유의 즐거움에 대해 아직 기대를 하고 있습니다. 기본적으로 소설만이 주는 즐거움 말이지요. 앞으로 하루 종일 영화를 틀어주는 방송이 생길지는 모르지만 밤을 새워 소설을 읽는 즐거움을 누가 빼앗을 수 있겠어요?

반대로 저는 앞으로 소설 독자는 오히려 늘어날 것이라고 생각해요. 다만 좋은 독자의 비율이 상대적으로 줄어드는 게 문제겠지요. 발표 당시 선풍적 인기를 끌었던 김승옥 씨의 소설 같은 경우 그 당시로서는 꽤 많이 팔렸다지만 그 양이 꽤 적다고 들었어요. 만일 그 당시로서는 그 책을 읽은 독자의 거의 90퍼센트가 소설을 깊이 있게 이해했다면 지금은 10만 부가 팔려도 진정 그 소설을 깊이 있게 읽은 독자의 비율은 현저히 낮게 드러나겠지요.

제가 소설을 쓴 것은 중학교 시절부터이니 오래전부터이지만 대학 시절 『토지』를 읽으면서 제 선택에 대한 확신을 가졌습니다. 이것은 인생을 걸 만한 일이구나 하는 설렘을 본 거지요. 이 세상에서 인생을 걸 만한 가치가 있는 건 많지 않습니다. 지금도 잘 쓴 소설을 읽으면 소설에 대한 욕구가 사무치지요. 『무진기행』의 경우 30, 40번 읽어 거의 순서를 다 외우고 있는데, 소설을 배우고 느끼는 데는 소설이 제일인 거 같아요. 그중에서도 읽으면 읽을수록 깊이를 느낄 수 있는 고전이 소설 공부에는 가장 좋은 것 같아요. 도스토예프스키나 톨스토이, 토마스 만 같은 작가들이 그렇지요.

그래요. 소설가가 되고 싶으시다구요. 대체 어떻게 써야 하는지 단도직입적으로 말해달라구요. 글쎄요. 소설가란 무엇일까요. 뭐라고 말씀을 드려야 할지 한참을 망설여야 했습니다. 일전에 박경리 선생님께서 어떤 글에서 말씀하셨지요. 소설가란 신을 닮으려는 가당치 않은 소망을 가진 사람들이라구요. 저는 그 말을 읽고 한참을 멍하니 앉아 있었습니다. 그 창조의 아픔. 아무것도 쓰여지지 않은 백지 앞에서 몸부림치신 기억이 물론 있으시겠지요. 그때 컴퓨터의 화면은 하나의 막막한 바다입니다. 그 바다를 내가 메워야만 하는 것은 사실 고통입니다. 소도 언덕이 있어야 비빈다고 했는데 그때 저는 늘 그걸 생각해요. 제발 비빌 언덕이 하나만이라도 있었으면 하고 말이지요. 우리는 신이 아니라 인간이기 때문입니다. 하지만 그 바다를 무언가로 채우고 났을 때 우리의 기쁨은 무어라 설명할 수 없지요. 그것은 창조이고, 미숙하나마 신을 흉내 낸 것이니까요. 그런 의미에서 소설가들은 어떤 면에서는 온전한 인간이 아니라고도 할 수 있지요. 제정신이 아닐 때가 많은 겁니다. 인간으로 태어난 주제에 감히 신을 흉내 내려는 사람들이니까요.

하지만 그래도 소설을 쓰시고 싶다면 이런 말은 어떨까요. 쓰지 않으면 죽을 것만 같을 때, 그때가 바로 펜을 들 때입니다. 다행히 소설의 시작에는 나이 제한이 없습니다. 욕구를 아끼십시오. 미루라는 것이 아니라 아끼고 비축하시란 말이지요. 부끄러운 말입니다만 저 역시 데뷔작을 하룻밤 만에 완성했는데, 그때 제 심정이 꼭 그랬습니다. 쓰지 않으면 미쳐버릴 것만 같은 그런 기분. 그렇게 쓴 글로 소설가가 되고 나서도 저는 이렇게 헤매고 있습니다. 이제는 쓰지 않으면 미칠 것 같아서라는 이유보다는 출판사, 혹은 신문사와의 약속을 위해 쓰고 있는 경우가 많아졌습니다. 내적 필연성이 점점 줄어들고 있다고나 할까요. 그것이 저를 점점 더 힘들게 하는군요.

저는 소설을 쓰는 후배들에게 이야기하곤 합니다. 열심히 사는 것이 99퍼센트, 나머지 0.7퍼센트는 고전을 읽는 것, 그 나머지 0.3퍼센트는 소설을 쓸 수 있는 건강, 지구력 그리고 용기라고 말이지요.

그러면 후배들은 묻지요. 열심히 산다는 것이 대체 무엇이냐구요. 저도 모르겠습니다. 아마도 그것은 각자의 성장사나 성향, 그리고 성격에 따라 달라지겠지요. 어쩌면 이렇게 말을 바꿀 수도 있겠군요. 이 넓은 세상에 있는 가지가지 사물과 가지가지 인간들의 인생사 중에서 오로지 자신의 것으로만 가질 수 있는 느낌과 사건과 하늘을 가지는 것. 글쎄요. 그것이 소설을 잘 쓸 수 있는 비결이라고 말해야 하는 것이 조금 이상합니다. 왜냐하면 그것은 삶을 온전히 내 것으로 만들어야만 하는, 어쩌면 구도의 길과도 같을 수 있으니 말입니다.

이렇게 지당한 말만 늘어놓은 저를 용서하시기 바랍니다. 저도 더 이상은 뭐라 드릴 말씀이 없군요. 왜냐하면 당신의 소설은 온전히 당신의 것이기 때문입니다. 그럼 지면으로 좋은 글을 만나게 되기를 바랍니다. 좋은 소설 앞에서 문단의 선배란 무의미합니다. 정진하시길.

서른이 되었을 때, 나는 알게 되었다. 그건 내가 인생에 대해서 정말이지 아무것도 아는 게 없다는 사실이었다. 시인 뮈세의 표현대로 "내게 남은 유일한 진실은 내가 가끔 울었다는 사실뿐"이었으니까. 내가 남들을 흉내 내며 따라 했던 모든 것들, 연애, 가정, 직업, 학위는 모두 박살이 나버린 뒤였다. 나는 어쩔 수 없이 조국에서 내쫓긴 자처럼 쪽배에 내 영혼을 싣고 소위 진실이라는 것을 향해 항해를 시작해야 했다. 그것은 지독한 멀미를 동반하는 일이었고 영원히 저 뭍에 가 닿을 수 없다는 공포를 수반한 것이었다. 거짓이라 해도 좋으니 견고한 저곳으로 다시 돌아가고 싶다는 유혹 또한 끈질겼다. 다만 그 시절, 내가 남들을 따라 하지 않고 고집스레 스스로 택한 일이 하나 있었는데 그것이 글쓰기였다. 그리하여 내게 남은 유일한 진실인 눈물과 글쓰기를 껴안고 그 속에서 어떻게든 온기를 찾아 살아남아야 했다. 그 기록이 바로 이 『상처 없는 영혼』이다.

　오랜만에 이 책을 다시 읽어보니 그때의 고통이 어제 일처럼 생생히 살아났다. 이제 막 서른이 되거나 그즈음을 통과하는 사람들에게 내 이 고통의 기록을 나누어주고 싶었다. 누구나 이렇게 아프면서 크는 거라고. 고통 속에서 천천히 기다리며 어떤 것이 단순한 것인지를 구분하는 진리를 조심스레 배우노라면 우리는 드디어 성숙과 자유를 조금씩 맛볼 수 있을 것이라고 말이다. 한 인간의 절규는 모든 인류를 도탄에 빠지게 할 만큼 충분히 고통스럽다고. 우리는 그것을 겪고 반드시 새로 태어나야만 할 그런 위대한 존재라고 말이다.

　옛 현인은 이런 말을 했다. "모든 살아 있는 존재는 자기 자신이 되고자 한다. 올챙이는 개구리가, 애벌레는 나비가, 상처받은 인간은 완전한 인간이 되고자 한다." 완전한 인간이란 상처받지 않은 인간이 아니라 상처를 딛고 일어서는 자유를 지닌 인간인 것이다. 그 후에 오는 자유는 자기 자신과 타인을 향한 긍지와 선의를 가진 인간에게 주는 신의 특별한 선물이 된다. 여러분과 내가 함께 그 자유의 뜰을 산책하게 되기를 빌며.

2010년 초봄
공지영

얼마 전 마흔세 번째 생일을 맞았다. 지나온 날들을 생각하니까, 바람 같았다. 아무것도 기억나지 않았고, 아침에 피었다가 져버리는 풀꽃처럼도 느껴졌다. 내가 태어났다는 열한 시경 성당에서 미사를 드렸다. 사람들이 모두 빠져나간 성당에 앉아 있는데 문득 나쁘지 않다, 라는 생각이 들었다. 이건 내 생애 최고의 선물이었다.

생각해보면 나는 하늘로부터 참 많은 것을 받았다. 내가 한 것은 거의 없었다. 하지만 대신 늘 시선과 오해와 눈총 속에 살기도 했다. 때로는 억울하다고 하늘을 향해 목을 놓아 울어보기도 했었지만 이제 나는 굽이치는 삶의 한 기슭에 서 있다. 나쁘지 않은 것이다.

이 글은 서른을 갓 넘기고 난데없이 두 아이의 엄마가 된 채로 생의 막다른 길에 서 있었던 내 인생의 한 기록이다. 친구의 말을 빌리면 "그것이 벼랑인 줄 알면서도 뛰어내릴 수밖에 없었던" 나날들의 기록이라고 해도 좋다. 그 후로도 삶은 내게 이율배반을 주었다. 늘 보기에 좋았던 화려한 외양과 그 속에서 들끓던 고통들……. 지금도 그 시절을 돌아보면 그보다 더 고통스러울 수는 없었다는 생각이 드는데, 그건 누구 때문도 아니고 어쩌면 속수무책으로 느껴졌던 운명 때문만도 아니고 실은 내가 나 자신이 누구인지 완전히 잃어버린 채로 서른 살에 도달했기 때문은 아니었을까, 하는 생각이 지금도 든다.

앞으로 얼마간의 세월을 더 살고 더 쓸 수 있을지 나는 알 수 없다. 다만 내가 죽은 후 나의 사랑하는 사람들이 날 그렇게 기억해주기를 바라본다.

열렬히 사랑하였고, 열렬하게 상처받았으며, 열렬하게 좌절하고, 열렬하게 슬퍼했으나 다만 이 모든 것을 뜨겁고 열렬한 삶의 일부로 받아들이기 위해 애썼노라고.

더 많이 웃고 울고 떠들고 달려가고 싶다. 그것이 먼 훗날 또한 그저 스쳐 지나가는 한 줄기 바람같이 기억된다 해도. 나는 이제 내게 주어지는 잔을 피하지 않고 받고 싶다. 그 스쳐가는 바람 속에 한 여자의 눈물과 웃음이 생생한 삶으로 버무려져 아마도 어떤 살 냄새라도 조금 머금을 수만 있다면.

2006년 2월, 겨울이 주는 마지막 선물처럼 흰 눈 내리는 아침에
공지영

눈에 보이는 신문지나 여성지, 책이 배달되어 온 내 이름이 쓰인 누런 봉투를 조금씩 치우기 시작했다. 쌀을 씻고 미역을 불리고 냉동실에서 소고기를 꺼내 녹이면서, 나는 문득 내가 변하고 있다는 것을 느끼기 시작했다. 책상을 정리하면서 바라다보이는 저 탄천은 오늘도 같은 자리로 흘러내리고 있고, 나는 여전히 여기서 그것을 바라보고 있지만 신비하고 경이로운 일들이 내 안에서 일어나고 있었던 것을 나는 알아차렸던 것이다.

이 글은 그것에 대한 내적 기록이다. 아마도 불안에 떨고 있는 어리석은 한 영혼의 기록이라고 불러도 좋다는 생각이 없었다면 감히 이 글을 묶을 생각을 하지 못했을지도 모르겠다.

지난 일 년간은 내가 누구인지를 찾아 헤매는 여행의 과정이었다. 아마 앞으로도 얼마간, 혹은 죽는 날까지 나는 내가 누구인가를 찾아 헤매게 될지도 모르지만. 그 여정의 한끝에서 나는 한 가지 결론을 얻을 수 있었다. 그건 다름 아닌 바로 나 자신을 내가 사랑한다고 믿었던 그 사람들처럼 사랑해야 한다는 것이었다. 다른 사람들에 대한 진정한 사랑은 바로 거기서부터 시작된다는 그것.

그러니 이곳에 쓰인 구절 한 구절도 그 쉽고 당연한 진리 한 줄기를 찾기 위한 고통 없이는 쓰이지 못했다는 것이 내가 쓴 이 책에 대한 구구한 변명이라면 변명이 될까.

내가 한때 다른 이들의 고통의 기록에서 위안받았듯이 내 고통의 기록이 다른 이들에게 단 한 줄기의 위안이 될 수 있다면 더 이상 바랄 나위가 없을 듯하다.

원고를 정리하면서 나는 이런 종류의 글을 다시는 쓰지 못할 것이라는 확신을 가졌다. 아마도 이제 겨우 어른이 되려고 하는 내가 삶의 한 모퉁이를 돌고자 하기 때문은 아닐까. 해 저물 무렵 길을 떠나면서 나는 여전히 뒤돌아보지만……

1996년 가을
공지영

상처 없는 영혼

초판 1쇄 1996년 9월 16일
제2판 1쇄 2006년 3월 1일
제3판 1쇄 2010년 4월 29일
제4판 1쇄 2017년 9월 10일

지은이 | 공지영
펴낸이 | 송영석

편집장 | 이진숙 · 이혜진
기획편집 | 박신애 · 정다움 · 김단비 · 정기현 · 심슬기
디자인 | 박윤정 · 김현철
마케팅 | 이종우 · 김유종 · 한승민
관리 | 송우석 · 황규성 · 전지연 · 황지현 · 채경민

펴낸곳 | (株)해냄출판사
등록번호 | 제10-229호
등록일자 | 1988년 5월 11일(설립일자 | 1983년 6월 24일)

04042 서울시 마포구 잔다리로 30 해냄빌딩 5 · 6층
대표전화 | 326-1600 **팩스** | 326-1624
홈페이지 | www.hainaim.com

ISBN 978-89-6574-577-8

이 도서의 국립중앙도서관 출판예정도서목록(CIP)은 서지정보유통지원시스템 홈페이지
(http://seoji.nl.go.kr)와 국가자료공동목록시스템(http://www.nl.go.kr/kolisnet)에서 이용
하실 수 있습니다.(CIP제어번호: CIP2017022573)